新譯

[도연명]

改訂增補

# 陶淵明

金學主 譯

明文堂

[上] **도연명도**(陶淵明圖) 조자앙(趙子昻)이 그렸다는 설이 있으나 확실치 않다.

[下左] **도연명이 탄생한 강서성**(江西省) **구강시**(九江市) 오늘날에는 이렇게 변했다.

[下右] **도연명의 사당** 그의 고향인 구강시(九江市) 면양산(面陽山)에 있었는데 근년 현성(縣城) 안으로 옮겼다.

［左] **여산**(廬山)  이 여산 남쪽 기슭의 취석(醉石 : 上)에서 도연명은 술을 마
시며 〈귀거래사〉를 읊었다고 한다. 취석에는 송(宋)·원(元) 때 문인들의 각문
(刻文)도 있다.

［右] **여산관폭도**(廬山觀瀑圖)  명(明)나라  초기의  화가인  석도(石濤 : 1641～
1717)가 그린 것이다.

［上］ **난정**(蘭亭)**과 왕우군사**(王右軍祠 : 上右)  도연명과 한 시대를 풍미한 지식
인으로서 왕희지(王羲之)가 있다. 귀족 출신인 그는 353년 47세 때 회계군수
(會稽郡守)로 있으면서 당대의 일류 문인(文人)들을 난정에 모으고 시회(詩
會)를 가졌는데 왕희지는 그 서문을 썼다. 왕우군이란 왕희지의 관직명인 우군
장군(右軍將軍)에서 유래한 것이다.
［下］ **난정서**(蘭亭序)  왕희지가 쓴 난정서는 전해지지 않으며 위낙 유명하여
모방품이 많은데 이것은 그 중에서 가장 뛰어난 것이다(고궁박물원 소장).

# 新譯

改訂增補

[도연명]

# 陶淵明

金學主 譯

# 책머리에

이 책은 1975년에 출간했던 《귀거래혜사(歸去來兮辭)》(陶淵明詩選, 民音社)에 시를 대폭 증보(增補)하고 수정을 가한 것이다. 《도정절집(陶靖節集)》을 완역할까 생각도 해보았으나 오히려 일반 독자들에게는 번거로울 듯하여 여전히 선집(選集)으로 남게 되었다.

오히려 그의 대표적인 시는 총망라된 위에, 산문으로 이루어진 대표적인 글도 더 보태어, 뽑은 글들을 내용에 따라 제1부 전원(田園)과 시, 제2부 술과 시, 제3부 가난과 시인, 제4부 전원과 이상향의 4부로 나누어 놓아 도연명의 시와 사상의 특징을 이해하기 쉽도록 하였다.

동한(東漢) 말 건안(建安, 196~219년) 무렵 조조(曹操) 삼부자를 중심으로 하는 문인들에 의하여 중국 문학사상 시의 창작이 본격적으로 전개된 이래, 도연명은 중국시의 창작 차원을 한 단계 더 높여놓았던 작가이다. 특히 세속적인 명리(名利)를 멀리하고 전원(田園) 속에 자연과 술을 즐기며 시쓰기에만 전념했던 그의 생활은, 당(唐) 이후 중국 문인들의 존숭(尊崇) 대상이 되어 중국문학 발전에 크게 공헌하게 된다.

고려 조선을 통하여 도연명은 우리 선인들에게도 누구보다도 많이 읽히고 숭앙(崇仰)되었던 시인이다. 많은 독자들이 그의 시를 통하여 참 인간의 서정을 느끼고 이해하게 되기 바란다.

2002년 3월 김학주 인헌서실에서

4

# 차 례

## 제1부 전원(田園)과 시

## 제2부  술과 시

6

## 제3부 가난과 시인

## 제 4 부  전원과 이상향

# 도연명시 해제

## 1. 도연명의 생애

도연명(365~427년)은 양(梁)나라 소명태자(昭明太子) 소통(蕭統, 501~531년)이 '편마다 술이 있다'고 평했을 만큼 술을 좋아하고, 벼슬자리를 버린 뒤 〈귀거래혜사(歸去來兮辭)〉를 부르고 전원에 숨어 살면서 시를 즐기어 중국의 시를 한 단계 높은 차원으로 발전시킨 진(晉)나라 때의 시인이다. 그를 통하여 중국시는 비로소 진지한 의식적인 개인의 창작활동으로 확인되었다고까지 말할 수 있다. 따라서 중국시는 도연명으로 말미암아 다시 한 차원(次元) 높은 예술로 제고(提高)되었다는 것이다.

그러나 우리의 이 대시인은 옛부터 이름조차도 확실치 않았다. 양(梁)나라 심약(沈約, 441~513년)이 쓴 《송서(宋書)》 은일전(隱逸傳)에는 '도잠(陶潛)은 자가 연명(淵明)인데, 혹은 연명의 자가 원량(元亮)이라고도 한다' 하였고, 다시 소통(蕭統)이 쓴 전기에는 '도연명은 자가 원량인데, 혹은 잠(潛)의 자가 연명이라고도 한다'라고 그와 정반대로 글을 시작하고 있다. 이는 모두 도연명이 죽은 뒤 백년 이내에 씌어진 전기들인데 그러하다.

또 당(唐)대 이연수(李延壽)가 쓴 《남사(南史)》 은일전(隱逸傳)에서는 '도잠은 자가 연명인데, 혹은 자가 심명(深明)이라고도 하며, 이름이 원량이다'라고 하였다. 그리고 《진서(晉書)》에는 '도잠의 자

가 원량이다'라고만 쓰고 있다. 이처럼 그의 이름에 대하여 여러 가
지 설이 많은 것은 그의 집안이 시원찮기 때문이라고 주장하는 학자
들이 많다. 그러나 진(晉)나라의 대장군 도간(陶侃)이 그의 증조부
이고, 일세의 풍류인으로 알려진 맹가(孟嘉)가 외조부라니 아주 형
편없는 집안은 아니었다고 해야 할 것이다.

그의 생년에 대하여 이설(異說)이 있기는 하나 진(晉) 애제(哀帝)
흥녕(興寧) 3년(365년) 심양(潯陽 : 지금의 江西省 九江縣) 채상(柴
桑)에서 태어났다는 설이 일반적으로 받아들여지고 있다. 그곳은 장
강(長江) 중류지방, 남쪽으로는 파양호(鄱陽湖)가 바라보이고 북쪽
에는 여산(廬山)이란 명산이 있는 아름다운 시골 마을이며, 그의 생
애 대부분을 이 고장에서 보냈다. 그의 전원에의 애착은 이 아름다
운 고향의 산천을 통해서 길러진 것이라 생각해도 좋을 것이다.

그의 생애는 대체로 1세부터 29세, 다시 29세부터 41세, 끝으로
41세부터 죽은 63세까지의 세 시기로 나누어 얘기하는 것이 좋다.

첫째 시기(1~29세)에 관하여는 별로 자세한 전기자료가 없으며,
어려서 아버지를 여의고 가난하게 살다가 처자를 거느리고 살 길을
찾아 마침내 강주(江州)의 좨주(祭酒) 벼슬을 했다는 정도가 고작이
다. 그러나 도연명은 가난 속에서도 유가의 경전(經傳)을 중심으로
한 공부만은 열심히 하였던 것 같다. 그의 시문 속에는 젊었을 적의
공부와 포부를 알려주는 대목이 많이 보인다. 그는 유가에서 가르치
는 인간본위(人間本位) 또는 현실긍정(現實肯定) 정신을 학문을 통
해 체득함으로써, 그것이 자기 신념으로 세상을 살아가는 바탕이 되
었다. 그리고 이 시기의 작품이라고 생각되는 시는 한두 편이 전해
지고 있을 따름이다.

둘째 시기(29~41세)에는 가난한 생활에 몰리던 끝에 벼슬살이를

시도하였다. 그는 이 13년 사이에 적어도 다섯 번이나 집을 나서서 관리로서의 생활을 보낸다. 강주(江州)의 좨주(祭酒)·진군(鎭軍)·참군(參軍), 강주자사(江州刺史)의 참군(參軍) 등이 그가 거친 중요한 벼슬들이며, 최후로 팽택(彭澤)이란 고을의 영(令)이 되었다. 그는 팽택령이 되자 공전(公田)에 모두 찰벼를 심으라고 명했다. 처자들이 메벼도 심어야 한다고 간청하자 결국은 반반씩 심기로 했다 한다. 술은 찹쌀 술이 맛있다는 이유 때문이었다고 한다. 그리고 얼마 안 있다가 누이의 죽음을 핑계로 벼슬을 내던지고 전원(田園)으로 돌아와 본격적인 시인으로서의 여생을 시작한다.

그러나 《송서(宋書)》·《진서(晉書)》·《남사(南史)》 등 정사(正史)의 그의 전기에는 팽택령이란 벼슬을 그만둔 다른 극적인 얘기가 적혀있다. 군(郡)에서 행정시찰차 독우(督郵)가 팽택으로 내려오자 고을 관리들이 도연명에게 관복을 차려입고 그를 뵈라고 권하자, 그는 "시골의 소인(小人)에게 오두미(五斗米)의 녹 때문에 허리를 굽힐 수 없다"하고 그날로 사표를 내던지고 고향으로 돌아왔다 한다. 어떻든 이때의 도연명의 심경은 유명한 〈귀거래혜사(歸去來兮辭)〉에 무엇보다도 잘 표현되어 있다. 그로서는 전혀 만족 못할 관리생활을 통하여 여러 가지 인간 사회의 모순을 체험하는 사이에 시인으로서의 도연명의 기량과 철학이 완성되어갔던 것 같다.

〈걸식(乞食)〉·〈연우독음(連雨獨飮)〉 같은 그의 시를 대표할 만한 작품들이 이미 이 시기에 몇 편 씌어졌던 것으로 생각된다.

셋째 시기(41~63세)야말로 도연명이 전원으로 돌아와 본격적인 자기 면모(面貌)를 발휘하며 살았던 시기이다. 도연명의 초상이나 그의 시를 통해 느껴지는 그의 개인적인 이미지가 노인인 것도, 이 시기가 도연명을 대표하기 때문일 것이다. 그는 벼슬을 버리고 전원으로 돌아와 속세의 번거로움으로부터 벗어난 기쁨을 되풀이하여 노래하면서 가난을 아랑곳하지 않고 술과 시로 여생을 보내었다. 그에게 있어서 전원과 술은 인간 본래의 세계에 자신을 안겨주는 길잡이였고, 시는 참된 인간의 모습을 추구하는 수단이었다.

이 시기 중간 그가 56세 되던 해, 그의 평생을 몸담아왔고 줄곧 충성을 표시해 온 동진(東晉)이 유유(劉裕)에 의하여 멸망되고 대신 송(宋)나라가 섰다. 이 사건은 그에게 커다란 충격을 안겨주었을 것이다. 그는 새로운 왕조에 대한 냉담을 표시하기 위하여 시문을 지을 때 이때부터는 왕조의 연호를 쓰지 않고 간지(干支)만을 썼으며, 이름조차도 잠(潛)이라 고쳤다고 주장하는 학자가 있는데(吳仁傑, 靖節先生年譜), 그럴싸한 주장이다.

그러나 이 시기도 화재를 당했다(44세)든가, 저작좌랑(著作佐郎) 벼슬을 주려 했으나 사양했다(54세 무렵)는 등 몇 가지 단편적인 사적밖에는 전하여지는 기록이 없다.

도연명은 귀족적인 문학의 시대조류를 홀로 벗어나 자연과 어울리면서 가난하지만 참되게 살다 간 위대한 시인이었다. 그의 자세한 생애가 알려지지 않고 있다기보다도, 자연 속에 파묻힌 그의 생애는 속인들이 기록한 만한 별다른 생활의 변화가 없었기 때문에 그의 생애는 몇가지 단편적인 사적만이 전해지고 있을 것이다.

## 2. 술과 시

도연명의 문집(文集)을 펼쳐보면 대부분의 그의 시에 술 마시는 얘기가 나오고 있다. 그는 술과 문학을 결부시킨 중국 최초의 시인이었다. 도연명은 국화도 사랑한 것으로 유명하다. 그러나 꽃을 좋아한다는 것은 인지상정(人之常情)이라 할 수 있으므로 각별히 논하지 않기로 한다.

물론 도연명에 앞서 술로 세월을 보낸 사람들로 완적(阮籍, 210∼293년)·혜강(嵇康, 223∼262년)·유령(劉伶, 221?∼300년?) 등을 비롯한 유명한 '죽림칠현(竹林七賢)'이 있다. 이들은 어지러운 세상을 등지고 대숲 속에 숨어, 술로 세상을 잊었었다. 이들 이외에도 이미 한(漢)대부터 술은 사인(士人)들이 즐겨 마시는 음료가 되어있었다.

그러나 이들의 술은 뚜렷한 공리적인 목적이 있었다. 일부 문인들은 불로장생(不老長生)한다는 선약(仙藥)을 구해 먹으면서 그 효과를 촉진시키기 위하여 술을 마셨고, 일부 문인들은 술을 빌어 극도의 방탄(放誕)을 추구함으로써 어지러운 세상에서 자기의 한 몸이나 잘 즐기려고 술을 마셨다. 죽림칠현을 비롯한 대부분의 애주가(愛酒家)들은 거의가 후자에 속한다. 따라서 이들의 퇴폐적인 음주 뒤에는 어지러운 세상을 저주하는 뜻을 이루지 못한 선비의 뜨거운 분만(憤懣)이 깔리게 된다.

그러나 도연명은 세상에서 뜻을 잃은 분만을 달래기 위하여, 또는 어지러운 세상의 가해를 피하기 위하여 술을 마신 것은 아니다. 그의 술은 인간의 삶을 자연현상의 하나로 파악한 인생관에 연결된다. 그는 술을 통하여 인간의 잡된 욕망이나 감정을 잃음으로써 자연과 합치되는 참된 본연의 자신으로 돌아가려 하였다.

〈연이어 비오는 날 홀로 술을 마시다(連雨獨飮)〉라고 제한 시에서
　'시험삼아 마셔 보니 온갖 정욕 멀어지고,
　잔을 거듭하니 문득 하늘도 잊게 된다'
라고 노래하고 있는데, '정욕이 멀어진다' 또는 '하늘을 잊는다'는 말은 곧 자신의 모든 감정과 욕망을 버리고 자연에 융화되어 자신의

존재조차도 잊게 되었다는 것이다. 이는 노자(老子)와 장자(莊子)의 무위(無爲) 무아(無我)의 경지와 통하는 것이다. 도연명은 젊어서 유가의 경전을 읽어 유가적인 교양을 바탕으로 하고 있지만 만년에 전원으로 돌아온 이후로는 자연 도가적인 경향을 아울러 지니게 되었던 것 같다.

〈음주(飮酒)〉 시에서도 '내가 있음을 깨닫지 못하는데 어찌 물건의 귀함을 알랴!(不覺知有我, 安知物爲貴)'고 음주의 경지를 읊고 있다. 술을 통하여 '나'와 모든 내가 지닌 '잡된 것'을 떨쳐버림으로써, 참되고 순수한 '자연'과의 합치를 꾀했던 것이다. 이것이 도연명으로 하여금 세상의 영리(榮利)를 떠나 순수한 시인으로서 술을 통하여 참된 인간의 추구, 인간의 본질적인 가치 추구를 가능하게 한 것이다.

왕국유(王國維, 1877~1927년)는 그의 《인간사화(人間詞話)》 첫머리에서 시의 '경계(境界)'를 논하고 있는데, 시에는 '유아지경(有我之境)'과 '무아지경(無我之境)'이 있다고 했다. 그리고는 '무아지경'의 예의 하나로서 도연명의 〈음주〉 시에서

'동녘 울 밑에서 국화를 따들고,(采菊東籬下)

어엿이 남산을 바라본다.(悠然見南山)'

라는 구절을 들고 있다. 중국 시의 '경계'를 논하면서 왕국유는 대체로 '유아지경'보다도 '무아지경'이 더욱 고귀한 것인 듯한 논조를 폈다. 그것은 개인보다도 전체 인간을, 개성보다도 보편적인 감정을 존중하고 추구해 온 중국시의 전통 때문일 것이다. 그런데 이토록 소중히 여긴 '무아지경'을 가장 먼저 개발한 시인이 도연명인 것이다. 그리고 그의 '무아지경'의 개발은 술이 무엇보다도 중요한 촉진제가 되고 있는 것이다. 그는 술을 통하여 뒤에 논할 은일(隱逸)을 추구했다고도 할 수 있다.

그러나 도연명도 만년에는 술을 끊어야겠다는 생각으로 〈지주(止酒)〉라는 시를 쓴 일이 있다. 그는 여기에서 '평생 동안 술을 끊지 못한 것은 술을 끊으면 마음의 기쁨이 없어지기 때문(平生不止酒, 止酒情無喜)'이라 하였다. 그리고는 연이어 '공연히 즐겁지 않음을 끊을 줄만 알았지, 이기적인 행동을 끊을 줄 몰랐다.(徒知止不樂, 未知止利已)'고 했다.

그는 술을 마시는 일이 결국은 참된 자아(自我)의 본연으로 되돌아가는 것보다도 술 자체를 즐기는 '이기적인 행동'으로 전락하였음을 깨닫고 술을 끊으려 했던 것이다. 도연명은 개인적인 즐거움 또는 분만 때문에 술을 마셨던 것은 아니다. 오히려 '나'를 위하려는 이유에서보다도 '나'를 초극하여 전원 속에 융화함으로써 참된 자신의 모습으로 돌아가려는 뜻에서 술을 마셨다. 그리고 시로서 그 본인의 자아를 추구하였던 것이다. 도연명의 시에는 거의 모든 작품에 술이 나오지 않을 수가 없게 되어 있는 것이다.

## 3. 전원과 시

도연명의 생활과 시는 무엇보다도 전원에 대한 동경(憧憬)과 추구(追求)로 집약된다. 전원이란 그에게 있어서는 더럽고 번거로운 세상의 먼지를 털어버리고 자기 본연의 모습으로 되돌아가는 세계였다. 그 때문에 도연명은 흔히 중국 문학사상 '전원시'의 개척자라 칭송되고 있다. 전원은 부정과 싸움 같은 것으로 뒤얽혀 있는 어지러운 사회생활로부터의 해방을 뜻하는 것이었다.

그가 관리생활을 하던 시절의 시들을 보면 집요하다 할만큼 되풀이하여 자유롭고 아름다운 전원에의 동경을 읊고 있는 것도 그 때문이다. 만년에 관리생활을 청산하고 전원으로 되돌아와서는 전원생활의 기쁨에서 시작하여 전원 속에 융화된 인간을 추구하는 데 모든 창작의 정열을 바치고 있다.

문장의 수사(修辭)를 중시하던 당시의 귀족적인 문학조류 속에서, 도연명처럼 개인의 생활을 바탕으로 하여 성실히 인간의 순수한 본연을 추구했다는 것은 파격적이라고까지 말할 수 있을 것이다. 이때문에 도연명은 중국 문학사상 후인들의 한적시(閒適詩)나 자연시(自然詩)를 위하여 새로운 국면을 열어놓은 대시인이라고 할 수 있다.

도연명의 시는 문장면에 있어서도 그 시대에 있어서는 예외라 할 만큼 평이(平易)하다. 그것은 당시의 다른 작가들처럼 문학 형식에 크게 구애되지 않고 그 내용을 중시했기 때문일 것이다. 그가 노래하는 전원생활이 평이한 내용이기에 그 표현도 평이해지기 마련이라고 할 수도 있을 것이다. 그러나 여기에서 말하는 평이란 반드시 그 시가 읽기 쉽고 이해하기 쉽다는 것을 뜻하지는 않는다.

다른 그 시대의 시인처럼 별것 아닌 대상을 아름다운 묘구(妙句)와 대구(對句) 또는 전고(典故)의 사용 등으로 화려하게 표현하는 데 힘쓰지 않고, 있는 그대로와 생각하는 그대로를 표현했다는 뜻이다. 따라서 〈형(形)·영(影)·신(神)〉 시를 비롯하여 다른 시들에도 담겨 있는 그의 인생관(人生觀) 또는 자연관(自然觀)을 노래한 철학적인 시들의 참뜻은 읽고 이해하기가 다른 어떤 작가의 시보다도 쉽지 않다.

또한 전원생활이란 듣기에는 아름다운 말인지도 모르지만 거기에는 남모르는 괴로움과 외로움 같은 내재적 갈등이 따르게 마련이다. 이 갈등이란 자연 속에 자신을 융화시키려는 도연명의 노력과는 위화(違和)되는 것이다. 이 위화를 극복하려는 그의 노력은 절대로 시 자체를 읽기 쉽게 버려두지는 못할 것이다. 거기에는 젊은 시절에

쌓아올린 유가(儒家)적인 교양과 만년에 갈수록 더욱 가까워진 도가(道家)적인 사상이 그의 한 몸에 공존하고 있기 때문이기도 하다.

따라서 그의 정치에의 관심이나 윤리관을 비롯하여 그의 술과 자연에 대한 태도는 쉽사리 설명되기 어려운 것이다. 양(梁)나라 종영(鍾嶸, 468?~519년?)이 《시품(詩品)》에서 그를 '고금 은일시인(隱逸詩人)의 조종(祖宗)'이라 평하고 있지만, 송(宋)대에 와서야 소식(蘇軾, 1037~1101년)·주희(朱熹, 1130~1200년) 같은 학자들에 의하여 그의 새로운 면모와 가치가 재평가되기 시작하였다.

그 이래로 수많은 학자들이 이 시인에 관한 연구를 쌓았지만 아직도 그를 올바로 이해하고 평가하기에는 드러내지 못한 비밀들이 너무나 많은 듯하다. 그러나 전원이란 테마가 그의 시의 중심을 이루고 있다는 것만은 움직일 수 없는 사실이다.

## 4. 송대(宋代) 문인과 도연명

도연명은 종영(鍾嶸)이 그의 《시품(詩品)》에서 '고금 은일시인(隱逸詩人)의 조종'이라 하고, 포조(鮑照, 414?~466년)가 그의 시체(詩體)를 본뜬 〈학도팽택체시(學陶彭澤體詩)〉를 짓고, 강엄(江淹, 444~505년)이 그의 시의 풍격을 본뜬 〈도징군 전거(陶徵君 田居)〉〈雜體詩三十首中之一〉를 지은 것처럼, 일찍부터 많은 문인들의 주목을 받아왔다. 그러나 그 당시의 그에 대한 일반적인 평가는 그다지 높지는 못하였다.

당(唐)대로 들어와서야 본격적으로 많은 문인들이 도연명의 깨끗이 자적(自適)하는 전원시(田園詩)의 풍격을 중시하기 시작하였다. 초당(初唐)의 왕적(王績, 585~644년)이 시는 물론 생활하는 데 있어서까지도 도연명을 본뜨려 노력하였고, 성당(盛唐)에 들어와서는 장구령(張九齡, 678~740년)·맹호연(孟浩然, 689~740년)·왕유(王維, 701~761년)·이백(李白, 701~762년) 등이 도연명의 전원생활이나 은거(隱居)의 뜻을 읊은 시들을 본뜬 작품들을 많이 짓고 있다. 특히 귀거래(歸去來)·은거(隱居)와 술마시며 국화를 즐기는 중구(重九) 등의 제재(題材)는 그들의 시에도 많이 활용되었다.

중당(中唐)에 들어와서는 도연명이 더욱 중시되어 위응물(韋應物, 737~792년?)·유종원(柳宗元, 773~819년)·백거이(白居易, 772~846년) 등에 의하여 더 많은 효도체(效陶體)의 시들이 지어졌다. 그것은 백거이가 〈방도공구택서(訪陶公舊宅序)〉에서 말하고 있는 것처럼, 도연명의 위인(爲人)과 그의 시를 존중하는 데서 이루어진 것이다. 백거이는 이렇게 말하고 있다.

"나는 일찍부터 도연명의 사람됨을 흠모(欽慕)하여 왔는데, 지난 해에 위천(渭川)에 한가이 지내면서 〈효도체시16수(效陶體詩十六首)〉를 지은 바가 있다."

그러나 중당(中唐)의 문학 개혁운동을 계승발전시키어 송대가 중국문학 발전의 정점을 이룩하였듯이, 이 도연명에 대한 존숭(尊崇)도 송대의 문인들이 계승함으로써 그의 시인으로써의 참된 업적이 공인받게 된다. 그러니 진정한 도연명 시의 성취를 확인한 것은 송대의 문인들이라 말할 수 있다. 그 중에서도 도연명을 특히 좋아하여, 그의 중국 문학사상의 지위를 확정시키는 데 가장 큰 공헌을 한 것은 소식(蘇軾, 1037~1101년)이라 하겠다.

그는 10여편의 글을 통하여 도연명의 생활과 시문을 높이 평가한 이외에도, 도연명 시의 원운(原韻)을 따라 109편의 화도시(和陶詩)를 짓고 있다. 본문 속의 [참고] 소식의 〈**도연명 의고시에 화함**(和

陶淵明擬古)〉을 참고 바란다. 이보다 더 도연명의 시를 좋아하고 추숭(推崇)할 수는 없을 것이다. 소식의 아우 소철(蘇轍)은 〈추화도연명시인(追和陶淵明詩引)〉에서 그의 형이 자기에게 보낸 편지의 다음과 같은 글을 인용하고 있다.

  "나는 시인들에 대하여 특히 좋아하는 이가 없으나 도연명의 시만은 유독 좋아하네. 도연명은 지은 시가 많지 않지만, 그의 시는 질박(質樸)한 듯하면서도 실은 아름답고, 파리한 듯하면서도 실은 살쪘으니, 조식(曹植)·유정(劉楨)·포조(鮑照)·사령운(謝靈運)·이백(李白)·두보(杜甫) 등의 여러 시인들도 모두 따를 수가 없는 정도이다."

  소식은 도연명을 중국 문학사상 첫째가는 시인으로 내세웠던 것이다.

  그를 뒤이어 송대의 주희(朱熹, 1130~1200년)·육유(陸游, 1125~1210년)·신기질(辛棄疾, 1140~1207년) 등이 도연명을 높이 받들어, 그의 문학사상의 지위가 확정되었던 것이다. 주희는 "나는 천년 뒤에 나서도, 천년 전의 사람을 벗하고 있다. 늘 《고사전(高士傳)》을 읽을 때마다, 홀로 도연명의 현명함에 탄식하게 된다.(陶公醉石歸去來館)"하였고, 육유는 "나는 시에 있어서 도연명을 흠모하면서도, 그의 시의 미묘함에 이르지 못한 것을 한하고 있다. 천년 동안에 그런 분이 없었다면, 나는 또 누구를 따라 배우겠는가?"〈讀陶詩〉라 하였으며, 신기질은 "도연명은 바로 나의 스승"〈最高樓〉이라 말하고 있다.

  이후로 명(明)·청(淸)대를 거쳐 지금에 이르기까지 도연명에 대한 높은 평가는 흔들림이 없게 된 것이다.


## 5. 도연명의 작품

  지금 도연명의 문집 속에는 130여수의 시가 실려 있는데, 사언(四

言)이 9수이고 나머지는 모두가 오언(五言)이다. 현재 전하는 그의 문집은 거의 모두 첫머리 1권이 사언시, 다음 3권이 오언시, 끝머리에 부(賦) 1권 산문(散文) 1권 정도 붙어 있는 체재가 대표적이다.

가장 먼저 양(梁)나라 소명태자(昭明太子)가 도연명의 전집을 편찬했다고 하나 그 책은 지금 전하지 않는다. 그가 편찬한 《문선(文選)》에 도연명의 시 8수가 실려 있을 따름이다. 그리고 지금 전하는 판본으로는 송간본(宋刊本)이 가장 오래된 것이며, 그 뒤로는 수많은 판본과 주석(注釋)을 단 책들이 나왔으나, 청(淸) 도주(陶澍)의 《도정절선생집(陶靖節先生集)》10권이 그것들을 집대성한 것이다. 도주본은 대만과 중국의 여러 출판사에서 배인(排印) 또는 영인본(影印本)들을 내고 있어 구하기 용이하다.

여기에서는 도연명의 시를 대략 4부로 나누어 실었다. 제1부의 시들은 그의 전원생활의 아취(雅趣)를 엿볼 수 있는 전원시의 대표작이라 할만한 것들이다. 제2부에는 앞의 전원시와 밀접한 관계가 있는 술과 관계가 짙은 시들을 뽑아 실었다. 깨끗하고 고아한 그의 전원생활을 뒷받침해 주는 기둥 같은 것이 술이다. 술을 통해서 그는 속된 세상으로부터 더한층 초연해지고 있는 것이다.

제3부에는 전원생활의 궁핍과 관계되는 시들을 골랐다. 속된 눈으로 보면 처량할 정도로 헐벗고 굶주리는데도, 그는 전원의 아취를 유지하고 있는 것이다. 끝으로 제4부에는 시가 아닌 그의 유명한 부(賦) 〈**귀거래혜사**(歸去來兮辭)〉와 〈**도화원시**(挑花源詩)〉 및 〈**도화원기**(桃花源記)〉·〈**오류선생전**(五柳先生傳)〉을 실었다. 이런 글들을 통하여 시인 도연명과 도연명의 시를 더한층 깊이 이해하게 될 것으로 믿는다.

# 제 1 부

# 전원(田園)과 시

# 1. 자욱한 구름(停雲)
## ──4장

서(序) : 〈자욱한 구름〉은 친한 친구를 생각하는 시이다. 술통에는
새로 익은 술이 맑게 고여있고, 뜰에는 신록이 우거진 나무가 늘어
서 있다. 바라는 대로 되지 않으니 한숨으로 가슴이 메인다.

자욱히 덮혀 있는 구름,
부슬부슬 철에 맞는 비 내리네
팔방이 온통 어두워서
평평한 길도 막혀 버린 듯.
조용히 동쪽 뒷마루에 기대앉아
봄 막걸리통을 홀로 어루만지네.
좋은 친구는 아득히 멀리 있어
머리 긁적이며 서성이네.

덮혀 있는 구름 자욱하고
철에 맞는 비 부슬부슬 내리네.
팔방이 온통 어두워져
평평한 땅도 강이 되었네.
마침 술이 있어
동창 앞에서 한가히 마시네.

그리운 사람 오기 바라지만
배도 수레도 오는 게 없네.

동쪽 뜰의 나무는
가지에 잎이 무성해지네.
다투어 새롭고 아름다움으로써
내 마음 기쁘게 하네.
사람들도 말하기를
해와 달은 흘러가고 있다 하였네.
어찌하면 자리 마주하고 앉아
젊었을 적 얘기를 나눌꼬?

펄펄 날아다니던 새가
우리 뜰 나뭇가지에 앉았네.
나래 거두고 한가히 쉬면서
아름다운 소리를 주고받네.
어찌 딴 사람이야 없겠는가?
그대 생각이 실로 간절하기 때문이지.
바라는 대로 되지 않으니
가슴의 한을 어이하면 좋을까?

[해설]
〈정운〉이란 제목 아래의 도연명 자신의 서문에 '〈정운〉은 친한 친
구를 그리워하는 것'이라 하였다. 구름이 자욱하고 보슬비가 내리는 봄
날 홀로 앉아 뜰을 바라보며 새로 익은 막걸리 잔을 기울이며 친구를

그리워하고 있는 것이다. 이 때문에 뒤에 〈정운〉이란 말은 친한 친구를
그리워한다는 뜻의 숙어로도 쓰이게 되었다.

　이 〈정운〉은 도연명의 사언시(四言詩) 중에서 대표작이라 할만한 작
품이다.

26

# 停雲(정운)

## 序

停雲[1]은, 思親友也니라. 罇[2)湛[3)新醪[4)하고, 園列初榮[5)이라. 願言[6)不從하니, 歎息彌襟[7)이다.

(정운 사친우야. 준잠신료. 원열초영. 원언부종, 탄식미금.)

靄靄[8)停雲이오, 濛濛[9)時雨[10)로다.　　　　(애애정운, 몽몽시우)

八表[11)同昏하고, 平路伊阻[12)로다.　　　　(팔표동혼, 평로이조)

靜寄[13)東軒[14)하여, 春醪[15)獨撫로다.　　　　(정기동헌, 춘료독무)

---

1) 停雲(정운) : 멈춰 있는 구름, 움직이지 않고 뒤덮혀 있는 구름.

2) 罇(준) : 술통.

3) 湛(잠) : 맑게 고여 있는 것.

4) 醪(료) : 막걸리, 술.

5) 初榮(초영) : 신록(新綠), 나뭇잎이 새로 난 것.

6) 言(언) : 조사.

7) 彌襟(미금) : 옷 앞자락에 가득 차다. 가슴이 메이다.

8) 靄靄(애애) : 구름이 잔뜩 모여있는 모양, 자욱한 것.

9) 濛濛(몽몽) : 비가 부슬부슬 내리는 모양.

10) 時雨(시우) : 제 철에 맞는 비, 초목을 잘 자라게 하는 비.

11) 八表(팔표) : 팔방(八方).

12) 伊阻(이조) : 이(伊)는 시(是)나 같은 조사. 조(阻)는 막히는 것, 멈춰지는 것.

13) 靜寄(정기) : 고요히 의지하다, 고요히 기대어 앉다.

良朋幽邈16)하니 搔首17)延佇18)로다.　　　　　　（양붕유막, 소수연저）

停雲靄靄하고, 時雨濛濛이로다.　　　　　　（정운애애, 시우몽몽）
八表同昏하고, 平陸成江이로다.　　　　　　（팔표동혼, 평륙성강）
有酒有酒하여, 閒飮東窓이로다.　　　　　　（유주유주, 한음동창）
願言19)懷人20)이로되, 舟車靡從21)이로다.　　（원언회인, 주거미종）

東園之樹는, 枝條再榮22)이라.　　　　　　（동원지수, 지조재영）
競用23)新好하여, 以怡余情이라.　　　　　　（경용신호, 이이여정）
人亦有言하되, 日月于征24)이라.　　　　　　（인역유언, 일월우정）
安得促席25)하여, 說彼平生?26)고　　　　　　（안득촉석, 설피평생）

---

14) 東軒(동헌) : 동쪽 툇마루.

15) 醪(료) : 막걸리, 여기서는 막걸리통.

16) 幽邈(유막) : 아득히 먼 것, 아득히 먼 곳에 있는 것.

17) 搔首(소수) : 머리를 긁적이는 것.

18) 延佇(연저) : 한 자리에 서성이는 것, 오래도록 한 자리에 서있는 것.

19) 願言(원언) : 언(言)은 조사. ……하기를 바라는 것, ……이 오기를 바라는 것.

20) 懷人(회인) : 그리운 사람, 보고 싶은 친구를 가리킨다.

21) 靡從(미종) : 따라주지 않다, 와서 함께 놀아주지 않다.

22) 榮(영) : 꽃이 피다.

23) 競用(경용) : 다투어. 용(用)은 이(以)와 같은 뜻.

24) 于征(우정) : 가고 있다, 흘러가고 있다.

25) 促席(촉석) : 자리를 마주 대고 앉다, 자리를 붙이고 앉다.

26) 平生(평생) : 젊었을 적, 젊었을 적의 생활.

翩翩27)飛鳥이, 息我庭柯로다.        (편편비조, 식아정가)

斂翮28)閒止하여, 好聲相和로다.      (염핵한지, 호성상화)

豈無他人이리오? 念子實多로다.    (기무타인? 염자실다)

願言不獲29)하니, 抱恨30)如何이오?    (원언불획, 포한여하)

---

27) 翩翩(편편) : 새가 펄펄 나는 모양.

28) 斂翮(염핵) : 날갯죽지를 거두다.

29) 不獲(불획) : 뜻대로 되지 못하다, 얻지 못하다.

30) 抱恨(포한) : 안고 있는 한, 가슴속의 한.

## 2. 무성한 나무(榮木)

**서**(序) : 무성한 나무는 늙어감을 생각하는 시이다. 날과 달은 지나가 벌써 여름이 돌아왔다. 총각 때 도에 대하여 배웠는데 머리가 희어지도록 이루어 놓은 것이라고는 없다.

싱싱한 무성한 나무
뿌리를 여기에 박고 있네.
아침엔 그 꽃으로 빛을 내더니
저녁 되자 이미 없어져 버렸네.
인생이란 잠시동안 빌붙어 사는 것 같아
때때로 마음 초췌해지네.
조용히 곰곰이 생각해보니
마음 속 서글퍼지네.

싱싱한 무성한 나무
여기에 뿌리를 얹고 있네.
많은 꽃 아침에 피어나더니
한스럽게도 저녁 되자 없어지네.
굳음과 여림은 사람에게 달린 것이나
화와 복은 일정한 문도 없이 들어오네.
올바른 도가 아니라면 어찌 의존할 것이며

선한 일이 아니라면 어찌 힘쓰겠는가?

아아, 나라는 작은 인간,
고루하게 타고났네.
가는 세월은 흘러갔는데도
하는 일은 옛날보다 나아지지 않았네.
뜻을 둔 일 버리지 않는다면
편안히 날로 발전하게 되리라.
나의 품은 마음이여,
두렵고도 마음 아프네!

옛 스승이 남기신 교훈을
내 어찌 저버리랴?
사십이 되어도 이름이 알려지지 않는다면
그는 두려워할 것 없는 인간.
내 좋은 수레에 기름을 치고
내 명마에 채찍질하며 달린다면,
천리 길 멀다해도
어이 이르지 못하겠는가?

# 榮木(영목)

## 序

榮木[1]은 念將老也니라. 日月推遷하여, 已復九夏[2]요. 總角聞道어니, 白首無成이라.

(영목 염장노야. 일월추천, 이부구하. 총각문도, 백수무성.)

| | |
|---|---|
| 采采[3]榮木이, | (채채영목) |
| 結根於玆자. | (결근어자) |
| 晨耀其華러니, | (신요기화) |
| 夕已喪之라. | (석이상지) |
| 人生若寄[4]니, | (인생약기) |
| 顦頏[5]有時라. | (초췌유시) |
| 靜言孔念[6]하니 | (정언공념) |

---

1) 榮木(영목) : 무성하게 잘 자라는 나무. 아침에 꽃이 피었다 저녁이면 져버리는 무성한 나무를 바라보며 덧없는 인생을 노래한 시이다. 그런 중에도 성인의 가르침을 따르며 올바로 살아보려는 뜻은 아직 완전히 버리지 않고 있다.

2) 九夏(구하) : 여름철 90일, 유하(有夏)라고도 한다.

3) 采采(채채) : 싱싱하게 무성한 모양.

4) 寄(기) : 기탁(寄託)하다, 남에게 빌붙어 지내는 것.

5) 顦頏(초췌) : 애태우다, 가슴아파하다.

6) 孔念(공념) : 곰곰이 생각하다, 골똘히 생각하다.

中心悵而라.　　　（중심창이）


采采榮木이　　　（채채영목）

於茲托根이라.　　（어자탁근）

繁華朝起러니,　　（번화조기）

慨7)暮不存어라.　（개모부존）

貞脆8)由人이나　（정취유인）

禍福無門이라.　　（화복무문）

匪道曷依며,　　　（비도갈의）

匪善奚敦9)고?　　（비선해돈）


嗟予小子이,　　　（차여소자）

稟茲固陋라.　　　（품자고루）

徂年旣流나,　　　（조년기류）

業不增舊라.　　　（업부증구）

志彼不舍면　　　（지피불사）

安此日富10)리라.　（안차일부）

我之懷矣여,　　　（아지회의）

怛焉11)内疚12)로다.　（달언내구）

---

7) 慨(개) : 개탄하다, 한하다.

8) 貞脆(정취) : 곧은 것과 여린 것.

9) 敦(돈) : 힘쓰다, 노력하다.

10) 日富(일부) : 날로 부해지다, 날로 발전하다.

11) 怛焉(달언) : 슬퍼하는 모양, 두려워하는 것.

先師13)遺訓을      (선사유훈)

余豈云墜리오?     (여기운추)

四十無聞이면      (사십무문)

斯不足畏니라.     (사부족외)

脂我名車14)하고    (지아명거)

策我名驥15)면,     (책아명기)

千里雖遙라도      (천리수요)

孰敢不至리오?     (숙감부지)

---

12) 內疚(내구) : 속으로 병이 되다, 마음이 아프다.

13) 先師(선사) : 공자(孔子)를 가리킨다.

14) 名車(명거) : 좋은 수레.

15) 名驥(명기) : 좋은 명마.

# 3. 전원으로 돌아와(歸園田居) 〈1〉


젊어서부터 속세에 어울리는 취향(趣向) 없고,
성격은 본시부터 산과 언덕 좋아했네.
먼지 그물 같은 관계(官界)에 잘못 떨어져,
어언 30년의 세월 허송했네.
매인 새는 옛날 놀던 숲을 그리워하고,
웅덩이 물고기는 옛날의 넓은 연못 생각하는 법.
남녘 들 가에 거친 땅을 새로 일구고,
졸박(拙樸)함을 지키려고 전원으로 돌아왔네.
10여 묘(畝) 넓이의 택지(宅地)에
8, 9간(間)의 초가 지으니,
느릅나무, 버드나무 그늘, 뒤 추녀를 덮고,
복숭아나무, 오얏나무, 대청 앞에 늘어섰네.
아득히 멀리 사람들 사는 마을 보이고,
아스라이 동리 위엔 연기 서리었네.
깊숙한 골목에서 개짖는 소리 들리고,
뽕나무 꼭대기에서 닭 우는 소리 들리네.
집안에 먼지나 쓰레기 없으니
텅 빈 방안에 여유있는 한가함만이 있네.
오랫동안 새장 속에 갇혀 있다가
다시 자연 속으로 되돌아온 것일세.

[해설]

이 시는 도연명이 41세 되던 해 겨울, 최후로 팽택령(彭澤令)이란 벼슬을 내던지고 고향의 전원으로 돌아온 기쁨을 노래한 것이다. 이 〈귀원전거〉라는 제목 밑에 다섯 수의 시가 있다. 이 시는 그의 유명한 〈귀거래혜사(歸去來兮辭)〉(제4부에 실림)라는 부(賦)와 비슷한 시기, 곧 42세 무렵의 작품일 것이다.

이 무렵 진(晉)나라 황제(孝武帝·安帝)들은 주색에 빠지고 관리들은 부패하여 사회는 매우 어지러웠다. 도연명은 지저분한 사회와의 관계를 벗어나 전원으로 돌아왔던 것이다. 그는 영원히 변함없는 자연과 어긋나는 인간 사회에 환멸을 느꼈기 때문일 것이다. 그러면서도 고요한 산속이 아니고 개짖는 소리가 들리고 닭 우는 소리가 한가하게 들리는 마을을 약간 벗어난 곳에 자리를 잡은 것은 그의 마음속에 도사린 인간애(人間愛) 때문일 것이다. 그는 전원 속에서 인간의 본성과 합치되는 자연을 추구했던 것이다.

# 歸園田居(귀원전거) 〈其一〉

少無適俗韻[1]하고,　　(소무적속운)
性本愛邱山[2]이라.　　(성본애구산)
誤落塵網[3]中하여,　　(오락진망중)
一去三十年[4]이라.　　(일거삼십년)
羈鳥[5]戀舊林하고,　　(기조연구림)
池魚思故淵이라.　　(지어사고연)
開荒[6]南野際하고,　　(개황남야제)

---

1) 適俗韻(적속운) : 속된 취향(趣向)에 어울리다, 또는 속세에 어울리는
　취향.
2) 邱山(구산) : 언덕과 산, 자연을 가리킨다.
3) 塵網(진망) : 먼지 그물, 속세의 관계(官界)를 가리킨다.
4) 三十年(삼십년) : 도연명이 처음 관계에 발을 들여놓은 해가 태원(太
　元) 18년(393), 최후로 관직을 버린 것이 의희(義熙) 원년(405)이어
　서, 그가 관계에 있은 지 꼭 13년이므로, 30년은 13년의 잘못이라
　보는 이도 있다. 또 3은 유(踰)의 잘못, 또는 이(已)의 잘못이라 주
　장하는 이도 있다. 그러나 30년은 정수(正數)가 아니라 오랜 세월을
　형용하는 말로 받아들이는 게 좋을 듯하다.
5) 羈鳥(기조) : 잡혀서 매여 있는 새.
6) 開荒(개황) : 거친 땅을 일구는 것.

守拙<sup>7)</sup>歸園田이라.　　　(수졸귀원전)

方宅十餘畝<sup>8)</sup>요.　　　　(방택십여묘)

草屋八九間이라.　　　　(초옥팔구간)

楡柳蔭後簷하고.　　　　(유류음후첨)

桃李羅堂前이라.　　　　(도리라당전)

曖曖<sup>9)</sup>遠人村이오.　　　(애애원인촌)

依依<sup>10)</sup>墟里<sup>11)</sup>煙이라.　　(의의허리연)

狗吠深巷中하고.　　　　(구폐심항중)

雞鳴桑樹顚이라.　　　　(계명상수전)

戶庭無塵雜<sup>12)</sup>하니.　　　(호정무진잡)

虛室<sup>13)</sup>有餘閒이라.　　　(허실유여한)

久在樊籠<sup>14)</sup>裏라가.　　　(구재번롱리)

復得返自然이라.　　　　(부득반자연)

---

7) 守拙(수졸) : 졸박(拙樸)함을 지키다. 졸(拙)은 사람의 힘이 가해지지
   않은 졸렬한 듯이 소박하고 자연스러운 자기 본래의 상태를 뜻한다.

8) 畝(묘) : 넓이의 단위. 옛날엔 사방 6자를 1보(步), 백 보를 1묘라
   하였고, 진(秦)의 제도는 240보가 1묘였다.(《說文》)

9) 曖曖(애애) : 멀어서 희미한 모양.

10) 依依(의의) : 가는 연기가 줄지어 퍼지는 모양.

11) 墟里(허리) : 동리.

12) 塵雜(진잡) : 먼지와 잡된 물건.

13) 虛室(허실) : 텅 빈 고요한 방.

14) 樊籠(번롱) : 새장, 구속된 관리생활을 가리킴.

## 4. 전원으로 돌아와(歸園田居)〈2〉


들 밖은 사람의 접촉이 드물고,
으슥한 골목엔 마수레도 뜸하다.
대낮에도 사립문을 닫고 있으니,
빈 방은 잡된 생각을 끊어 준다.
때때로 또 마을 모퉁이에서는
풀을 헤치며 서로 내왕하는데,
만나더라도 잡된 말은 없이
다만 뽕이나 삼 자라는 것 얘기한다.
뽕나무와 삼대는 날로 자라났고,
나의 땅도 날로 넓어졌다.
언제나 두려운 것은 눈이나 싸락눈이 내리어,
우거진 풀과 함께 시들어 버리는 걸세.


[해설]

한적한 농촌에 묻혀 살고 있으면 세상의 명리(名利)로부터 마음이 멀어진다. 겉에서 보기에 가난하기는 하지만 외부로부터의 간섭을 벗어나 언제나 깨끗한 본연의 자아(自我)를 지니고 있는 것이다. 연명(淵明)의 은거(隱居) 주위는 길이 있어도 사람의 내왕이 드물어 잡초가 우거졌고, 간혹 그 잡초를 헤치고 사람들이 내왕하기는 하지만 서로 만나더라도 농사에 관한 문답(問答)밖엔 교환하지 않는다.

그곳의 농민들도 세사(世事)에 때묻지 않았기 때문이다. 연명은 이러한 인간 본연의 청정무욕(淸淨無欲)을 찾아 전원(田園)으로 되돌아왔던 것이다.

## 歸園田居(귀원전거)1) 〈其二〉


野外罕人事2)하고,  (야외한인사)
窮巷寡輪鞅3)이라.  (궁항과륜앙)
白日掩荊扉4)하니,  (백일엄형비)
虛室絶塵想5)이라.  (허실절진상)
時復墟曲中6)에,  (시부허곡중)
披草7)共來往이라.  (피초공래왕)

---

1) 歸園田居(귀원전거) : 이것은 〈귀원전거〉 시 5수 중의 제2수로서 전원에 조용히 묻혀 농사에만 관심을 두고 있는 작자의 청정무구(淸淨無垢)한 생활과 마음가짐이 잘 나타나 있다.

2) 野外(야외) : 성(城)의 교외. 농촌이 있는 곳. 罕(한) : 드물다. 人事(인사) : 사람들과의 관계.

3) 窮巷(궁항) : '으슥한 골목' 결국 가난한 사람들이 사는 골목이었을 것이다. 寡(과) : 적은 것. 輪(륜) : 바퀴. 수레를 가리킴. 鞅(앙) : 말의 뱃대끈.

4) 掩(엄) : 가리는 것. 닫는 것. 荊扉(형비) : 싸리문.

5) 虛室(허실) : 살림살이가 거의 없는 텅빈 조용한 방. 塵想(진상) : 진세(塵世)의 속된 생각. 공명심(功名心) 같은 것.

6) 時(시) : 때때로. 墟曲(허곡) : 마을 모퉁이. 이 구절은 '시부허리인(時復墟里人)'으로 된 판본도 있다.

7) 披草(피초) : 사람들의 내왕(來往)이 드물어 길에 우거진 잡초를 헤치는 것.

相見無雜言하고,　　（상견무잡언）

但道桑麻長이라.　　（단도상마장）

桑麻日已長하고,　　（상마일이장）

我土日已廣8)이라.　　（아토일이광）

常恐雪霰9)至하여,　　（상공설산지）

零落同草莽10)이라.　　（영락동초망）

---

8) 廣(광) : 땅을 개척(開拓)하여 넓어지는 것.

9) 霰(산) : 싸락눈.

10) 零落(영락) : 나무나 풀잎이 시들어 떨어지는 것.　莽(망) : 풀이 무
　　성한 것.

# 5. 전원으로 돌아와(歸園田居)〈3〉

남산 아래 콩을 심었더니,
풀만 무성하고 콩싹은 드물다.
이른 새벽에 잡초 우거진 밭을 매고,
달과 함께 호미 메고 돌아온다.
길은 좁은데 초목이 더부룩하니,
저녁 이슬이 내 옷을 적신다.
옷 젖는 것은 아까울 것 없으니,
다만 바라는 일이나 뜻대로 되기를!

〔해설〕

《고문진보(古文眞寶)》에 싣고 있는 이 시의 제목 아래에는 '소인(小人)은 많고 군자(君子)는 적음을 말한 것'이라 하였고, 시구(詩句)의 주(注)에도 '전원(田園)에 콩를 심음이 잡초(雜草)를 뽑아냄에 달려있음은, 조정(朝廷)에서 현인(賢人)을 씀이 소인(小人)을 몰아냄에 달려있음과 같음을 말한 것'이라 하였다.

그러나 이런 해석은 지나친 천착(穿鑿)인 듯하다. 이 시는 도연명의 전원생활(田園生活)을 솔직히 그대로 읊은 것이다. 잡초가 무성한 밭으로 나가 김을 매고 달빛 아래 저녁 이슬을 맞으며 집으로 돌아오는 소박한 생활이 손에 잡히는 듯하다.

끝 구(句) '옷 젖는 것은 아까울 것 없으니, 다만 바라는 일이나 뜻대

로 되기를!'하고 읊은 곳의 도주(陶澍)의 주(注)에서는 탕한(湯漢)의
주를 인용하고 있는데, 소식(蘇軾)의 말이라 하며 '저녁 이슬이 옷을 적
시기 때문에 그 소원이 어긋나게 된 자가 많다'고 주(注)한 것도 시의
본의(本意)를 올바로 이해하지 못한 말인 듯하다. 이 시는 비유(比喩)
가 아니라 소박한 자기 생활을 솔직히 그대로 노래한 것이라 보는 것이
옳을 것이다.

## 歸園田居(귀원전거)[1] 〈其三〉

種豆南山下하니,　　(종두남산하)
草盛豆苗稀[2]라.　　(초성두묘희)
侵晨理荒穢[3]하고,　(침신리황예)
帶月荷鋤歸[4]라.　　(대월하서귀)
道狹草木長하니,　　(도협초목장)
夕露沾[5]我衣라.　　(석로첨아의)
衣沾不足惜이오,　　(의첨부족석)
但使願無違[6]라.　　(단사원무위)

---

1) 歸園田居(귀원전거) : 도연명이 전원으로 돌아와 살며 그 정취를
   노래한 것이 이 시이다. 《도연명집(陶淵明集)》의 〈귀원전거(歸園田
   居)〉 시 5수 중의 세 번째 시이다.
2) 稀(희) : 드문 것.
3) 侵晨(침신) : 이른 아침. 《연명집(淵明集)》엔 "신흥(晨興)"(아침에 일어
   나서)으로 된 판본도 있다.　理(리) : 손질을 하는 것.　荒穢(황예) : 황
   폐하여 잡초만 무성한 것. 우거진 잡초.
4) 帶月(대월) : 달빛과 함께.　荷(하) : 짊어지다. 메다.　鋤(서) : 호미.
5) 沾(첨) : 적시다.
6) 願(원) : 바람. 도연명의 전원에서의 바람이란 밭에 심은 콩이 잘 자라
   많은 수확을 하는 것일 게다.　無違(무위) : 어긋남이 없는 것.

# 6. 전원으로 돌아와(歸園田居) 〈4〉

오랫동안 산과 물 떠나 다니느라
숲과 들의 즐거움 저버렸었네.
시험삼아 자식과 조카들 데리고
잡목 헤치고 거친 땅 걸어보네.
언덕과 밭두둑 사이를 돌아다녀 보니
옛사람 살던 곳 완연하네.
우물과 부뚜막 옛자리가 있고
뽕나무 대나무의 썩은 그루 남아있네.
나무꾼에게 물어보기를
"여기 살던 사람들 모두 어딜 갔소?"
나무꾼이 내게 말하기를
다 죽어 버리어 남은 사람이 없다네.
한 세대 안에 세상이 달라진다더니
그 말이 정말 헛되지 않네.
인생이란 허무하게 변하는 것이어서
끝내는 공허한 무로 돌아가게 되는 걸세.

## 歸園田居(귀원전거) 〈其四〉

久去山澤遊하고　　　(구거산택유)

浪莽[1]林野娛라.　　　(낭망임야오)

試攜子姪輩하고,　　　(시휴자질배)

披榛[2]步荒墟[3]라.　　　(피진보황허)

徘徊邱壟[4]間하고,　　　(배회구롱간)

依依[5]昔人居라.　　　(의의석인거)

井竈有遺處하고,　　　(정조유유처)

桑竹殘朽株라.　　　(상죽잔후주)

借問採薪者하노니,　　　(차문채신자)

此人皆焉如[6]오?　　　(차인개언여)

薪者向我言하되,　　　(신자향아언)

死沒無復餘라.　　　(사몰무부여)

一世異朝市라하니　　　(일세이조시)

---

1) 浪莽(낭망) : 광대(廣大)한 모양, 소홀히 버려두는 것.

2) 榛(진) : 잡목, 떨기나무.

3) 荒墟(황허) : 황량한 고장, 거친 땅.

4) 邱壟(구롱) : 언덕과 밭두둑.

5) 依依(의의) : 여전한 모양, 완연한 모양.

6) 焉如(언여) : 어디로 갔는가?

此語眞不虛라.　　　(차어진불허)
人生似幻化[7]니,　　（인생사환화）
終當歸空無라.　　　(종당귀공무)

---

7) 幻化(환화) : 환술(幻術) 같은 변화, 허무한 변화.

# 7. 전원으로 돌아와(歸園田居) 〈5〉


서글피 홀로 지팡이 짚고 돌아오는데
오르락내리락 잡목 우거진 골짜기 지나네.
산골짝 물은 맑고도 얕아
내 발을 씻을 만하네.
나의 새로 익은 술 거르고
한 마리 닭 잡고 이웃을 불렀네.
해가 져서 방 안 어두우니
싸리나무로 촛불 대신 밝히네.
기뻐지자 저녁 짧은 것이 아쉽고
어느새 다시 하늘이 밝아오네.

# 歸園田居(귀원전거) 〈其五〉

悵恨獨策[1]還이러니 　(창한독책환)
崎嶇[2]歷榛曲[3]이라. 　(기구력진곡)
山澗淸且淺하니, 　(산간청차천)
可以濯吾足이라. 　(가이탁오족)
漉[4]我新熟酒하고 　(녹아신숙주)
隻雞招近局[5]이라. 　(척계초근국)
日入室中闇하니, 　(일입실중암)
荊薪[6]代明燭이라. 　(형신대명촉)
歡來苦夕短하니 　(환래고석단)
已復至天旭[7]이라. 　(이부지천욱)

---

1) 策(책) : 지팡이를 짚는 것.
2) 崎嶇(기구) : 울퉁불퉁한 것, 오르락내리락하는 것.
3) 榛曲(진곡) : 잡목이 우거진 골짜기.
4) 漉(록) : 술을 거르는 것.
5) 近局(근국) : 가까운 이웃.
6) 荊薪(형신) : 말린 싸리나무.
7) 旭(욱) : 해가 돋는 것, 날이 밝는 것.

## 8. 귀전원거(歸田園居)[1]

동쪽 언덕에 씨를 뿌리니,
싹이 나 밭둔덕에까지 가득 찼네.
호미 메고 다니기 진력나기도 하지만,
막걸리로 잠시 즐거움에 잠기네.
해가 져 땔나무 수레를 챙기면,
햇빛 이미 기울어 길이 어둡네.
돌아가는 사람이 저녁 연기 바라보노라면,
어린아이들은 처마 밑에서 기다려 주네.
그대에게 묻노니 그래 가지고 무얼 하려는 건가?
일평생에 반드시 할 일이 있을 터인데.
다만 뽕나무와 삼대 잘 자라고,

---

1) 귀전원거(歸田園居) : 《도정절집(陶靖節集)》에서 한자창(韓子蒼)은 '전
   원시 6수 중에서 말편(末篇)은 곧 행역(行役)을 읊은 것이어서 앞 5수
   와 같지 않다. 근래 속본에서는 강엄(江淹 : 444~505년)의 '〈종묘재
   동고(種苗在東皐)〉 시를 취하여 말편(末篇)이라 붙이고 있다. 소동파
   (蘇東坡)도 이를 따라 잘못 알고 화작(和作)하였다'고 말하고 있다. 실
   은 《문선(文選)》 권31에 실려 있는 강엄(江淹)의 잡체(雜體) 30수 가
   운데 〈도징군(陶徵君)의 전거(田居)〉 시인 것이다. 강엄(字가 文通)은
   양(梁)나라 시인으로 의고(擬古)를 잘하여 원작과 구별하기 힘들만큼
   교묘(巧妙)한 작품을 지었다.

누에치는 달엔 길쌈 잘 할 수 있기 바랄 뿐이네.

평소의 마음이 이와 같으니,

길을 닦아놓고 좋은 벗 안오는가 바라보네.


〔해설〕

이 시는 도연명의 것이 아니라 강엄(江淹)의 작품임이 분명하다. 앞에서 인용한 것처럼 한자창(韓子蒼)은 〈행역(行役)〉을 노래한 것이라 하였는데 《도정절집(陶靖節集)》 권4에서 도주(陶澍)는 한자창의 의견에 찬성 못하겠노라고 주하고 있다. 이들은 지나치게 시를 천착(穿鑿)하기 때문에 올바른 시의(詩意)를 파악치 못하는 것 같다.

이는 동쪽 언덕에 씨뿌리고 농사지으며 노동의 괴로움을 막걸리로 잊는 농부를 통하여 은거한 사람의 심경을 읊은 것이다. 어두운 길에 나뭇짐을 싣고 돌아오면 집 문턱에서 반겨주는 아이들과 따뜻한 저녁밥도 그의 마음을 즐겁게 해준다. 남들은 농사일이 고되지 않느냐고 생각할지 모르지만 작물이 자라고 누에고치가 잘 되는 것만을 바라며 속세의 공명(功名)이나 욕망을 잊기 때문에 그의 마음은 깨끗하다. 그리고 농부가 되어 있는 이 은거생활에 때때로 뜻이 맞는 고사(高士)들의 내방이 있어 작자의 긍지를 지켜준다.

도연명의 시는 아니지만 얼마 되지 않은 시기에 그의 시를 본뜬 작품이 나왔고, 또 강엄의 다른 창작시들보다 뛰어난 듯하여 도연명의 영향을 증명한다는 뜻에서 이 시를 실었다. 혹은 도연명이 지은 것인지도 모를 일이다.

# 歸田園居(귀전원거)

種苗在東皐1)하니,　(종묘재동고)
苗生滿阡陌2)이라.　(묘생만천맥)
雖有荷鋤倦3)이나,　(수유하서권)
濁酒聊自適이라.　(탁주료자적)
日暮巾柴車4)하니,　(일모건시거)
路暗光已夕이라.　(노암광이석)
歸人5)望煙火하고,　(귀인망연화)
稚子候簷隙6)이라.　(치자후첨극)
問君亦何爲7)오?　(문군역하위)

---

1) 皐(고) : 언덕.

2) 阡陌(천맥) : 밭 사이의 둔덕길. 《풍속통(風俗通)》에 '남북(南北)을
   천(阡)이라 하고 동서(東西)를 맥(陌)이라 한다. 하동(河東)에선 동
   서를 천이라 하고 남북을 맥이라 한다'고 하였다.

3) 荷(하) : 메다. 등에 지다.　鋤(서) : 호미.　倦(권) : 싫증나는 것.

4) 巾(건) : 수레에 짐을 싣고 포장으로 덮어 싸는 것. 《주례(周禮)》춘
   관(春官) 〈건거(巾車)〉의 주(注)에 '건(巾)은 옷을 입히는 것과 같
   다'고 하였다.　柴車(시거) : 땔나무를 실은 수레.

5) 歸人(귀인) : 집으로 돌아오는 사람. 작자 본인.

6) 稚子(치자) : 어린 자식들.　候(후) : 기다리다.　簷(첨) : 처마.　隙
   (극) : 틈.

百年會有役8)이라.　　(백년회유역)

但願桑麻成9)하고,　　(단원상마성)

蠶月得紡績10)이라.　　(잠월득방적)

素心11)正如此니,　　　(소심정여차)

開逕望三益12)이라.　　(개경망삼익)

---

7) 何爲(하위) : '어째서 그렇게 노고를 하는가?'의 뜻.

8) 百年(백년) : 사람의 평생을 가리킴. 會(회) : '반드시……하리라'는
뜻. 有役(유역) : 부림을 당함이 있는 것. 할 일이 있는 것.

9) 桑麻成(상마성) : 뽕이나 삼을 비롯한 작물이 잘 성장하는 것. 귀원
전거(歸園田居)의 제2수에서도 '서로 만나도 잡언(雜言)은 없고, 다
만 상마(桑麻)의 자람만을 얘기할 뿐'이라 읊었다.

10) 蠶(잠) : 누에. 잠월(蠶月)은 누에를 치는 달. 《시경(詩經)》 빈풍(豳
風) 칠월(七月) 시에 '잠월(蠶月)엔 조상(條桑)한다' 하였다. 사조제
(謝肇淛)의 《서오지승(西吳枝乘)》에선 '오흥(吳興)에선 사월(四月)
을 잠월이라 한다'고 하였다.　紡績(방적) : 누에고치 실을 빼어 길
쌈하는 것.

11) 素心(소심) : 평소의 마음, 본시부터 지닌 마음.

12) 開逕望三益(개경망삼익) : 《삼보결록(三輔決錄)》에 '장후(蔣詡)는 자
가 원경(元卿)인데 사중(舍中)의 대나무 아래 삼경(三徑 : 세 길)을
열고 오직 구중(求仲)·양중(羊仲)들과만 어울려 놀았다' 했다. 도
잠(陶潛)의 〈귀거래사(歸去來辭)〉에도 '삼경(三徑)은 취황(就荒)이
나 송국(松菊)은 유존(猶存)이라' 읊었다. 이를 근거로 후인은 삼
경(三徑)을 은사(隱士)의 거처를 가리키는 말로 쓰이게 되었다.
'개경(開逕)'은 이 '삼경(三徑 : 逕은 徑과 통함)'을 열음을 뜻한다.
'삼익(三益)'은 《논어(論語)》 계씨(季氏)편에 '익자(益者)에 삼우
(三友)가 있고 손자(損者)에 삼우가 있다'고 한 말에 근거하여
'뜻이 맞는 좋은 벗' 곧 '고사(高士)'를 가리킨다.

# 9. 사천에 가서 놀며(遊斜川)

**서(序)** : 신축년 정월 오일, 날씨는 맑고 온화하며 풍경은 한가하고 아름다워서, 두서너 이웃들과 사천으로 놀러 나왔다. 길게 흐르는 강물을 마주 대하고 증성을 바라보니, 방어(魴魚)와 잉어가 저무는 햇빛 아래 비늘을 번득이며 뛰어오르고, 갈매기는 온화한 기운을 타고 펄럭이며 날고 있다. 저쪽 남쪽 언덕은 실질적인 명성이 알려진 지 오래여서 더 이상 그것 때문에 감탄하지는 않는다. 그러나 저 증성으로 말하면 곁에 기대이거나 닿은 곳 없이 홀로 물 가운데 빼어나 있어서 멀리 신령스런 산을 생각케 한다. 그 좋은 이름이 사랑스러워 기꺼이 그것을 대하여도 부족하여 즉석에서 시를 읊어 세월이 가버리는 것을 슬퍼하고 나의 나이는 머물러 있지 않음을 서러워한다. 각각 나이와 사는 마을을 적고 또 시일을 기록한다.

새해가 되어 어느덧 닷새째가 되었으니
내 삶도 곧 끝장이 날 터이지.
이런 일 생각하니 가슴 속 울렁거려
때에 맞춰 이 놀이를 하는 걸세.
기운은 온화하고 하늘은 맑으니
멀리 흘러가는 물 따라 차례대로 앉네.
약한 흐르는 물엔 무늬있는 방어가 치닫고
한가한 골짜기엔 울며 나는 갈매기가 뽐내고 있네.

먼 호숫물 위로 눈을 돌려 보기도 하고
아득히 증구를 바라보기도 하네.
비록 아홉 겹으로 빼어나진 않았지만
둘러보아도 거기에 견줄만한 건 없네.
술병 들고 일행을 대하니
가득 잔에 따라 번갈아 주고받게 되네.
지금부터 뒤의 일은 알 수 없거니,
다시 이처럼 놀게 되겠는가?
잔을 드는 중에 초탈한 정을 멋대로 풀어놓고
영원한 인간의 걱정 잊어보네.
오늘의 즐김을 한껏 누릴 것이니
내일 일은 알 바가 아닐세.

# 遊斜川(유사천)[1](幷序)

## 序

辛丑 正月五日에 天氣澄和하고 風物閒美하니 與二三鄰曲[2]으로 同遊斜川이라. 臨長流望曾城하니 魴鯉[3]躍鱗於將夕하고 水鷗乘和[4]以翻飛라. 彼南阜者는 名實舊矣니 不復乃爲嗟歎이라. 若夫曾城傍無依接하여 獨秀中皐[5]하니 遙想靈山이라. 有愛嘉名하니 欣對不足이라. 率爾賦詩하여 悲日月之遂往하고 悼吾年之不留라. 各疏年紀鄕里하여 以紀其時日하노라.

(신축 정월오일 천기징화 풍물한미 여이삼린곡 동유사천. 임장류망증성 방리약린어장석 수구승화이번비. 피남부자 명실구의 불부내위차탄. 약부증성방무의접 독수중고 요상영산. 유애가명 혼대부족. 솔이부시 비일월지수왕 도오년지불류. 각소년기향리 이기기시일)

---

1) 遊斜川(유사천) : 도연명이 정월 초에 이웃 사람들과 고향 근처의 사천(斜川)으로 놀러갔던 일을 읊은 시. 여기에는 증성(曾城)과 증구(曾邱)라는 아름답게 우뚝 솟아있는 산도 있다. 정월 초부터 경치좋은 곳을 찾아가 술을 마시고 있으니, 도연명이 얼마나 자연을 동경했는가 짐작이 가고도 남는다.
2) 鄰曲(인곡) : 이웃, 이웃 사람.
3) 魴鯉(방리) : 방어와 잉어, 물고기 이름임.
4) 乘和(승화) : 온화함을 타다, 온화한 기운을 타다.
5) 中皐(중고) : 물 속에 우뚝한 산.

開歲倏6)五日하니　　　　(개세숙오일)

吾生行7)歸休라.　　　　（오생행귀휴）

念之動中懷하여　　　　（염지동중회）

及辰爲茲遊라.　　　　　（급신위자유）

氣和天惟澄하니　　　　（기화천유징）

班坐8)依遠流라.　　　　（반좌의원류）

弱湍9)馳文魴하고　　　　（약단치문방）

閒谷矯10)鳴鷗라.　　　　（한곡교명구）

迴澤散游目하고　　　　（형택산유목）

緬然11)睇12)曾邱라.　　　　（면연제증구）

雖微九重秀13)나.　　　　（수미구중수）

顧瞻無匹儔14)라.　　　　（고담무필주）

提壺接賓侶하니　　　　（제호접빈려）

---

6) 倏(숙) : 어느덧, 벌써.

7) 行(행) : 곧, 머지 않아.

8) 班坐(반좌) : 차례대로 앉다, 줄지어 앉다.

9) 湍(단) : 여울물, 흐르는 물.

10) 矯(교) : 뽐내며 나는 것.

11) 緬然(면연) : 아득한 모양, 실처럼 가는 모양.

12) 睇(제) : 보다, 바라보다.

13) 九重秀(구중수) : 곤륜산(崑崙山)엔 증성(增城)이 있는데, 그 산은 아홉 겹으로 되어있고 그 높이는 몇 리나 된다고 한다(《楚辭》天問). 그 전설적인 증성(增城)을 생각하며 '아홉 겹으로 빼어났다'는 말을 인용하고 있는 것이다.

14) 匹儔(필주) : 짝, 대적할 만한 것, 견줄 만한 것.

引滿更獻酬15)라.　　　　(인만갱헌수)

未知從今去니　　　　　(미지종금거)

當復如此不아?　　　　(당부여차불)

中觴16)縱遙情17)하고　(중상종요정)

忘彼千載憂라.　　　　(망피천재우)

且極今朝樂이니　　　　(차극금조락)

明日非所求18)라.　　　(명일비소구)

---

15) 酬(수) : 술잔에 술을 따라 손님에게 술을 권하는 것.

16) 中觴(중상) : 술잔을 드는 가운데, 술잔을 비우면서.

17) 遙情(요정) : 속세와는 먼 정, 초연한 감정.

18) 非所求(비소구) : 추구하는 바가 아니다, 아무것에도 마음을 두지 않음을 뜻한다.

# 10. 기유년(己酉歲) 구월구일(九月九日)

어느덧 가을 이미 깊어
싸늘한 바람에 이슬 날리네.
뒤엉킨 풀들은 다시 더 자라지 않고
뜰의 나무는 쓸쓸히 홀로 시들어 가네.
맑은 기운이 나머지 더위조차 맑게 씻어 내니,
아득히 하늘 끝 높아졌네.
슬피 울던 매미도 이젠 소리 잠잠해지고,
무리진 기러기 구름 사이에 울며 가네.
만물의 변화는 모든 것을 잇따라 다르게 하니,
인생인들 어찌 시름 없으랴!
옛부터 누구에게나 죽음 있었으니
그것을 생각하면 마음속 조여지네.
무엇으로 내 이런 감정 위로할 것인가?
막걸리나 스스로 즐겨 보는 수밖에.
천년의 일은 알 바 아니고
우선 오늘만이라도 길게 살아 봐야지.

〔해설〕

　중년에 접어든 도연명이 깊은 가을 중양절(重陽節)의 감회를 노래한 시이다. 그는 아름다운 계절보다도 자연의 변화 속에 함께 늙어 죽지 않으면 안될 인생의 슬픔을 느끼면서, 그 슬픔을 초탈(超脫)하기 위하여 술을 마신다. 덧없는 인생에 대한 슬픔은 이미 한(漢)대부터 중국 시의 가장 중요한 서정(抒情)의 주제(主題)가 되어왔다.

이러한 슬픔의 극복은 남북조(南北朝)로 들어와 불교(佛敎)가 크게 유행하면서 비로소 이루어진다. 윤회(輪廻)나 내세(來世)를 모르던 이전의 중국인들에게 인생의 숙명은 무엇보다도 큰 문제가 되지 않을 수가 없었을 것이다.

# 己酉1)歲 九月九日 (기유세 구월구일)2)

靡靡3)秋已夕4)하니,　　(미미추이석)

凄凄5)風露交6)라.　　　(처처풍로교)

蔓草7)不復榮하고,　　　(만초불부영)

園木空自凋8)라.　　　　(원목공자조)

清氣澄餘滓9)하니,　　　(청기징여재)

杳然10)天界高라.　　　　(묘연천계고)

哀蟬無留響하고,　　　　(애선무류향)

叢雁11)鳴雲霄라.　　　　(총안명운소)

---

1) 己酉(기유) : 도잠이 45세 되던 의회(義熙) 5년(409).

2) 九月九日(구월구일) : 중양절(重陽節)이라 하여, 중국에는 옛날부터 등고(登高)하는 습관이 있었다.

3) 靡靡(미미) : 더디게 움직이는 모양, 여기서는 세월의 흐름을 형용한 말.

4) 夕(석) : 저물다, 가을이 깊어지다.

5) 凄凄(처처) : 쌀쌀하고 매서운 모양.

6) 風露交(풍로교) : 바람과 이슬이 엇섞이다, 매서운 바람에 차가운 이슬이 날리는 모양을 형용한 말.

7) 蔓草(만초) : 무성하게 뒤엉킨 풀.

8) 凋(조) : 시들다.

9) 餘滓(여재) : 남은 찌꺼기. 남은 여름의 더위를 가리킴.

10) 杳然(묘연) : 아득히 먼 모양.

萬化相尋異12)어늘,　　（만화상심이）

人生豈不勞?리오　　（인생기불로）

從古皆有沒이니,　　（종고개유몰）

念之中心焦13)라.　　（염지중심초）

何以稱14)我情?고　　（하이칭아정）

濁酒且自陶15)라.　　（탁주차자요）

千載非所知요,　　（천재비소지）

聊以永今朝라.　　（요이영금조）

---

11) 叢雁(총안) : 떼 지어 나는 기러기.

12) 相尋異(상심이) : 서로 잇따라 달라지는 것, 모든 것이 쉬지 않고 변화해 가는 것.

13) 焦(초) : 애타는 것.

14) 稱(칭) : 어울리다, 만족시키다, 위로하다.

15) 陶(요) : 기뻐하다, 즐기다.

## 11. 독산해경(讀山海經)

초여름 초목 자라나니
집을 둘러싼 나무 울창하네.
새들이 몸 의탁할 곳 있음 기뻐하듯
나도 역시 내 움막 사랑하네.
밭 갈고 또 씨 뿌리고 나서는 때때로 또 내 책을 읽네.
깊숙한 골목길은 관리들의 발길 멀리하고
친구들 수레조차도 멀리 돌아오게 하네.
즐거이 얘기하며 봄술 따르다
우리 들 안 채소를 뜯기도 하네.
보슬비 동녘으로부터 몰려오면
시원한 바람도 함께 실려오네.
그러면 목천자전(穆天子傳)을 뒤적이다가
산해경(山海經) 그림을 들추어 보기도 하네.
잠깐 동안에 우주를 다 돌아보게 되니
이것이 즐겁지 않다면 또 어찌하겠는가?

[해설]
　이 시도 도연명의 졸박(拙樸)한 전원생활을 노래한 작품이다. 전원
속에서 속세의 명리(名利)를 버리고 책과 더불어 깨끗이 살아가는 도연
명의 모습이 잘 그려져 있다. 이 시는 본래 13수로 이루어져 있으나 첫
째 한 수만을 뽑았다.

# 讀山海經(독산해경)1) 〈其一〉

孟夏草木長하니,　　(맹하초목장)

繞屋樹扶疏2)라.　　(요옥수부소)

衆鳥欣有託하고,　　(중조흔유탁)

吾亦愛吾廬라.　　(오역애오려)

旣耕亦已種하고,　　(기경역이종)

時還讀我書라.　　(시환독아서)

窮巷隔深轍3)이오,　　(궁항격심철)

頗廻故人車라.　　(파회고인거)

---

1) 山海經(산해경) : 중국 고대의 지리서(地理書). 옛 사방의 산천과 함께 그곳의 기괴한 초목과 조수(鳥獸) 및 선인(仙人)들의 생활까지 씌어 있는 환상적인 책이다. 확실한 작자나 저작연대는 알 수 없으며, 전체 18편으로 이루어져 있다. 진(晉)나라 곽박(郭璞)이 주를 쓰고 또 도찬(圖贊)을 지었는데, 지금은 산해경도는 없어지고 찬(贊)만이 전해지고 있다. 도연명은 도(圖)와 찬을 모두 읽었던 듯하다.

2) 扶疏(부소) : 나뭇가지들이 무성한 모양.

3) 深轍(심철) : 깊게 파인 수레바퀴 자국. 옛날 초나라의 광인(狂人) 접여(接輿)의 집에 초나라 임금이 세자로 하여금 많은 금을 싣고 가서 벼슬하기를 권하였다. 접여는 물론 그 제의를 거절하였으나 집앞에는 '깊은 수레바퀴 자국'이 남아 있었다 한다(《韓詩外傳》). 여기에서는 관리들의 내왕, 또는 관리생활을 비유하고 있다.

歡言酌春酒하고,　　(환언작춘주)

摘我園中蔬라,　　　(적아원중소)

微雨從東來하니,　　(미우종동래)

好風與之俱라.　　　(호풍여지구)

汎覽周王傳4)하고,　(범람주왕전)

流觀山海圖5)라.　　(유관산해도)

府仰6)終宇宙어늘,　(부앙종우주)

不樂復何如?오.　　(불락부하여)

---

4) 周王傳(주왕전) : 주(周)나라 목왕(穆王)이 세상을 유람한 견문을 적
　 어 놓은 《목천자전(穆天子傳)》. 작자는 알 수 없으며, 내용은 선인
　 (仙人)과 선경(仙境)에 관한 환상적인 기록들이 많다.

5) 山海圖(산해도) : 〈산해경도(山海經圖)〉. 지금은 〈도〉는 없어지고 곽
　 박이 지은 〈도찬(圖贊)〉만이 전한다.

6) 府仰(부앙) : 몸을 굽혔다 다시 젖혀 우러르는 것. 몸을 굽혔다 펴는
　 동작을 하는 짧은 동안.

## 12. 의고(擬古) 〈1〉


싱싱하게 창 밑엔 난초가 자라 있고,
뜰 앞 버드나무 죽죽 늘어져 있는데,
옛날 그대와 이별할 적엔,
오래 떠나 있으리라 생각도 못했는데,
집 나선 만리 타향의 나그네가,
도중에서 좋은 벗을 만나,
말도 건네기 전에 마음이 먼저 취하였는데,
술잔을 받아 마신 때문이 아니네.
난초 마르고 버드나무도 시드니,
마침내 떠날 적의 언약 어기고 말았구나.
여러 젊은이들에게 사과하나니,
교유를 충후히 하지 못하였네.
의기는 사람의 목숨을 바치게 하는 것이니,
멀리 떨어져 있은들 또 무슨 상관 있으랴?


[해설]

이 시는 친구와 이별을 하고 멀리 타향에 와 다른 친구들을 사귀어 잘 지내고 있는 사람이 옛 친구를 생각하며 우정을 배반한 듯한 자괴감(自愧感)을 지니는 것을 노래한 것이다. 하맹춘(何孟春)의 주에서는 망해 버린 진(晉)나라를 옛 친구에 비유하며 노래한 것이라 하였는데, 지

나친 상상인 듯하다. 소동파(蘇東坡)도 이 시에 화하여 넘치는 고아한
우정을 노래하였다. 오랫동안 헤어진 뜻맞는 친구를 낮잠 속에서 만나
고 난 뒤 정말로 그 친우(親友)가 찾아온 듯한 기쁨을 노래하고 있다.
우정 이외에도 작자의 초탈한 생활관과 고매(高邁)한 사람됨이 잘 나
타나 있다.

# 擬古(의고) 〈其一〉

榮榮<sup>1)</sup>窗下蘭이오,　（영영창하란）
密密<sup>2)</sup>堂前柳라.　（밀밀당전류）
初與君別時엔,　（초여군별시）
不謂行當久라.　（불위행당구）
出門萬里客이,　（출문만리객）
中道逢嘉友라.　（중도봉가우）
未言心先醉니,　（미언심선취）
不在接杯酒라.　（부재접배주）
蘭枯柳亦衰하니,　（난고유역쇠）
遂令此言負라.　（수령차언부）
多謝諸少年하나니,　（다사제소년）
相知不忠厚라.　（상지불충후）
意氣傾人命<sup>3)</sup>이니,　（의기경인명）
離隔復何有리오?　（이격부하유）

---

1) 榮榮(영영) : 무성한 모양. 싱싱한 모양.
2) 密密(밀밀) : 빽빽한 모양. 버들가지가 축축 늘어진 모양.
3) 傾人命(경인명) : 사람의 목숨을 기울이게 하다. 사람의 목숨을 바치게 하다.

[참고]

## 13. 도연명 의고시에 화함(和陶淵明擬古)
### —— 소식(蘇軾)


어떤 손이 우리집 문을 두드리고,
문 앞 버드나무에 말을 매놓는데,
빈 뜰에는 참새들만 지저귀고 있고,
문은 닫혀 있어 손은 오랫동안 서서 있다.
주인은 책을 베고 누워
자기 평생의 벗을 꿈꾸다가,
갑자기 문 두드리는 소리 듣고,
한 잔에 취한 술도 놀라 깨어 버린다.
바지를 거꾸로 입고 일어나 손에게 인사하니,
꿈에서나 깨어서나 우정 멀리했음을 부끄러워한다.
앉아 하는 얘기엔 고금 일이 뒤섞이니,
대답을 못하여 얼굴은 더욱 뜨거워진다.
내게 어느 곳에서 왔는가 묻기에,
나는 어딘지도 모를 곳에서 왔노라 대답했단다.

〔참고〕

## 和陶淵明擬古(화도연명의고)1)


有客扣2)我門하여,　（유객구아문）

繫3)馬門前柳라.　（계마문전류）

庭空鳥雀噪4)요,　（정공조작조）

門閉客立久라.　（문폐객립구）

主人枕書臥하여,　（주인침서와）

夢我平生友라.　（몽아평생우）

忽聞剝啄5)聲하고,　（홀문박탁성）

驚散一盃酒6)라.　（경산일배주）

---

1) 和陶淵明擬古(화도연명의고) : 《도정절집(陶靖節集)》권 4엔 〈의고
   (擬古)〉시 9수가 있는데 이것은 그 중의 제1수에 화작(和作)한 것이다.
   이 시는 《동파시집(東坡詩集)》권31에 실려 있다.

2) 扣(구) : 두드리다.

3) 繫(계) : 잡아매다.

4) 雀(작) : 참새.　噪(조) : 많은 새들이 지저귀는 것.

5) 剝啄(박탁) : 《한문(韓文)》권4 〈박탁행(剝啄行)〉에 '박박탁탁(剝剝
   啄啄), 어떤 손님이 문앞에 왔다' 했는데, 제주(題注)에 '박탁(剝啄)
   은 문을 두드리는 소리'라 하였다. 곧 '똑똑' 또는 '탁탁' 문을 두드
   리는 소리.

6) 驚散(경산) : 놀라서 술기가 달아나는 것.　一盃酒(일배주) : 한 잔의
   술을 마신 취기(醉氣)를 가리킨다.

倒裳起謝客[7]하니,  (도상기사객)

夢覺兩愧負[8]라.  (몽각량괴부)

坐談雜今古[9]하니,  (좌담잡금고)

不答顔愈厚[10]라.  (부답안유후)

問我何處來오?  (문아하처래)

我來無何有[11]라.  (아래무하유)

---

7) 倒裳(도상) : 치마나 바지를 거꾸로 입는 것. 곧 당황한 모양을 나타
   낸 것.  謝客(사객) : 손님에게 인사하는 것.

8) 夢覺(몽각) : 꿈꿀 때와 깨었을 때.  兩愧負(양괴부) : 양(兩)은 몽각
   상태의 두 가지를 말하며 '꿈에서나 깨어나서나 모두 우정을 저버
   렸던 것을 부끄러이 여긴다'는 뜻.

9) 坐談雜今古(좌담잡금고) : 내객(來客)이 고금(古今)에 통달한 박학
   (博學)임을 나타내는 말임.

10) 顔愈厚(안유후) : 얼굴이 더욱 두터워진다. 곧 얼굴이 더욱 뜨거워
    진다는 뜻.

11) 無何有(무하유) : 《장자(莊子)》 소요유(逍遙遊)편에 '지금 그대는 큰
    나무가 있는데 그 쓸 곳 없음을 걱정하고 있다. 어찌 그것을 무하유
    (無何有)의 고을 광막(廣漠)한 들에 심고 그 옆에 하는 일 없이 왔다
    갔다 소요(逍遙)하다 그 밑에 누워 자지 않는가?'고 하였다. 따라서
    '무하유(無何有)'란 무하유지향(無何有之鄕), 아무것도 거리낌이나
    할 일이 없는 허무(虛無)·무위(無爲)·자연(自然)의 고장을 말한다.
    여기서 동파(東坡)가 '자기는 무하유에서 왔노라'고 말한 것은 의식
    이나 욕망을 떠난 잠나라에서 왔다는 뜻임. 〈오창좌수시(午窓坐睡
    詩)〉에서도 동파는 잠드는 것을 '무하유에 이르른다'고 표현하고
    있다.

## 14. 의고(擬古) 〈5〉


동녘에 한 선비 있는데
입은 옷 언제나 허술하고,
굶기를 남 밥먹듯하며
한 개의 관(冠)을 10년 쓰고 있어,
고생스럽기 이에서 더할 수 없겠으나
언제나 즐거운 얼굴빛이라네.
나는 그 사람을 만나보고자
아침 일찍 길 떠나 강물 건너고 관문(關門) 지나가니,
푸른 소나무 길 양쪽에 자라 있고
흰구름 그의 집 추녀 끝에 걸려 있네.
내가 일부러 찾아온 뜻 알고는
금(琴)을 들어 나 위해 뜯어주는데,
처음엔 〈별학(別鶴)〉이란 곡조로 나를 놀래이고
다음엔 〈고란(孤鸞)〉이란 곡조 들려주네.
바라건대 그대 곁에 나를 머물게 하여
지금부터 이 해 다 가도록 함께 살게 해주기를!


〔해설〕
　남 보기에는 헐벗고 굶주리면서도 언제나 즐거운 얼굴빛으로 금(琴)
을 벗하고 살아가는 '동녘의 선비'는 바로 도잠이 추구하던 자화상(自

畫像)일 것이다. 금은 옛부터 책과 함께 중국 선비들의 필수품이었고, 도연명은 언제나 줄이 없는 소금(素琴)을 어루만지면서 도연(陶然)히 자기 생활을 즐겼다 한다.

제목인 〈의고〉는 '옛날의 시를 본떠 지은 작품'임을 뜻한다. 후한(後漢) 이후 도연명이 살았던 위진(魏晉) 시대는 물론 남북조(南北朝)에 이르기까지 중국에는 의고의 시작(詩作) 풍조가 크게 성행하였다.

## 擬古(의고) 〈其五〉

| | |
|---|---|
| 東方有一士하니, | (동방유일사) |
| 被服常不完하고, | (피복상불완) |
| 三旬[1]九遇食하여, | (삼순구우식) |
| 十年[2]著一冠이라. | (십년착일관) |
| 辛勤[3]無此比나, | (신근무차비) |
| 常有好容顏이라. | (상유호용안) |
| 我欲觀其人하여, | (아욕관기인) |
| 晨去越河關[4]하니, | (신거월하관) |
| 靑松夾路生하고, | (청송협로생) |
| 白雲宿簷端이라. | (백운숙첨단) |
| 知我故來意하고, | (지아고래의) |
| 取琴爲我彈하니, | (취금위아탄) |

---

1) 三旬(삼순) : 30일. 공자의 손자인 자사(子思)는 '삼순에 아홉 끼의 밥밖에 못 먹었다'《說苑》고 한 고사에서 인용한 표현으로, 굶기를 밥먹듯 한다는 뜻.
2) 十年(십년) : 《장자(莊子)》 양왕(讓王)편에 증자(曾子)는 10년 동안 한 벌의 옷으로 살아, 관(冠)을 바로잡으려 하면 관끈이 끊어졌다고 한 데서 빌어온 표현.
3) 辛勤(신근) : 애쓰고 고생하는 것.
4) 河關(하관) : 황하(黃河)와 관문(關門).

上弦5)驚別鶴6)이오,　(상현경별학)
下絃操孤鸞이라.　　(하현조고란)
願留就君住하여,　　(원류취군주)
從今至歲寒7)이라.　（종금지세한）

---

5) 上弦(상현) : 첫 곡. 따라서 하현(下絃)은 다음 곡.

6) 別鶴(별학) : 고란(孤鸞)과 함께 옛날 금곡(琴曲) 이름.

7) 歲寒(세한) : 이 해 추운 계절, 연말(年末)을 가리킨다.

## 15. 의고(擬古) 〈7〉

해 지자 하늘엔 구름 한 점 없는데,
봄바람은 부채질하듯 가볍고 부드럽다.
고운 임은 맑은 밤을 좋아하여,
새벽까지 술마시며 노래한다.
노래를 끝내고 긴 탄식을 하는데,
그 모양 너무도 사람을 감동케 한다.
구름 사이의 달은 밝기도 할씨고,
나뭇잎 속의 꽃은 곱기도 할씨고.
한때의 아름다움이 없는 것은 아니지만,
오래 가지 못하니 이를 어쩌면 좋단 말인가?

[해설]

《도연명집》 권4 〈의고(擬古)〉 9수(首) 중의 일곱 번째 시이다.

시간은 쉴새없이 흐르고 있어 아름다운 청춘은 짧다는 내용을 주제로 삼고 있는 시이다. 시간이 아까워서 밤을 새우며 즐겨보지만, 근본적으로 인간이 지닌 숙명을 극복하지는 못한다.

원(元)대의 유리(劉履) 같은 학자는 《선시보주(選詩補注)》 권5에서 "이 시는 아마도 원희(元熙) 초년(419년)의 작품일 것이다. '해가 진다(日暮)'는 것은 진(晉)나라가 몰락해 가고 있는 것에 비유한 것이다. '하늘엔 구름 한 점 없고(天無雲)' '바람이 가볍고 부드럽다(風微和)'는 것은 공제(恭帝)가 한때 개명(開明)하여 빛을 발하는 듯한 정치를 한데에 비유한 것이다. '맑은 밤(淸夜)……'한 것은……"하고 이 시를 도연명이 그때의 시국을 노래한 것이라 풀이하고 있다. 중국 학자들 사이에는 이런 식의 풀이를 하는 이들이 적지 않으나, 아마도 작자의 본뜻은 아닐 듯싶다.

## 擬古(의고) 〈其七〉

日暮天無雲하고,　　(일모천무운)
春風扇微和1)라.　　(춘풍선미화)
佳人2)美淸夜하여,　　(가인미청야)
達曙3)酣且歌라.　　(달서감차가)
歌竟4)長歎息하니,　　(가경장탄식)
持此5)感人多라.　　(지차감인다)
皎皎6)雲間月이오,　　(교교운간월)
灼灼7)葉中華라.　　(작작엽중화)
豈無一時好8)리오,　　(기무일시호)
不久當如何?오　　(불구당여하)

---

1) 扇微和(선미화) : 부채질을 하듯 가볍고 부드럽게 바람이 부는 것.
2) 佳人(가인) : 미인. 여기서는 그리운 사람, 애인 또는 친구.
3) 達曙(달서) : 새벽이 되도록.
4) 竟(경) : 끝, 끝내다.
5) 持此(지차) : 이것을 가지고, 이러한 모양으로
6) 皎皎(교교) : 달이 밝은 모양.
7) 灼灼(작작) : 꽃이 만발한 모양, 꽃이 많이 피어있는 모양.
8) 豈無一時好(기무일시호) : 어찌 한때의 아름다움이야 없겠는가? 사람
　 이건 꽃이건 짧은 한때의 아름다움은 있다는 것이다.

## 16. 돌아오는 새(歸鳥)

팔팔 날며 돌아오는 새
아침에 숲을 떠났었지.
멀리 이 세상 밖으로 날아가도 보고
가까이 구름 덮힌 산봉우리에도 쉬어 봤네.
부드러운 바람 알맞지 않으면
나래 푸덕이며 마음 내키는 대로 날아다니네.
친구 돌아보고 울면서
그림자 맑은 그늘 속으로 사라지네.

팔팔 날며 돌아오는 새
위아래로 가벼이 나네.
비록 놀 생각 없어도
숲만 보면 정이 끌리네.
구름 만나면 위 아래로 피해 날며
지저귀면서 돌아오네.
먼 길 정말 아득하지만
본성이 좋아하니 버리지 않고 가네.

팔팔 날며 돌아오는 새
숲을 보면 그 위를 도네.

어찌 하늘 가는 길 생각하는 것이랴,
옛 살던 곳 온 게 기쁜 거지.
비록 옛친구 없어도
여러 새소리 언제나 어울리네.
해 저물면 기운 맑아지니
의연히 그곳 생각나는 거지.

팔팔 날며 돌아오는 새.
찬 가지에 나래 접고 있네.
지금 노는 곳 넓은 숲 아니요,
묵는 곳은 숲의 잔 나뭇가지.
내일 아침 바람 맑게 일면
예쁜 울음소리 가끔 오가리라.
주살이 여기에 무슨 소용 있으랴,
지쳤거늘 어찌 그런 번거로운 생각하리?

[해설]

이 시는 사언(四言)이다. 도잠의 〈문집〉 제1권에는 사언시가 여러편 실려 있는데 사언은 《시경(詩經)》의 형식을 계승한 것이어서 아무래도 오언(五言)보다는 단아(端雅)한 경향을 지닐 수박에 없게 된다. 그러나 이 시는 이전의 다른 어떤 사언시보다도 개성적이고 청신(淸新)하다.

도연명은 이 시에서 새에 자기 이상을 걸고 있다. 먼곳까지 날아갔다 숲으로 되돌아오고, 숲만 보면 그 위를 빙빙 도는 새는, 바로 전원을 사랑하는 도연명의 모습을 느끼게 한다.

# 歸鳥(귀조)

| | |
|---|---|
| 翼翼1)歸鳥는, | (익익귀조) |
| 晨去於林하여, | (신거어림) |
| 遠之八表2)하고, | (원지팔표) |
| 近憩雲岑3)이라. | (근게운잠) |
| 和風弗洽4)이면, | (화풍불흡) |
| 翻翮求心5)이라, | (번핵구심) |
| 顧儔相鳴하고, | (고주상명) |
| 景庇6)淸陰이라. | (영비청음) |

| | |
|---|---|
| 翼翼歸鳥는, | (익익귀조) |
| 載7)翔載飛로다. | (재상재비) |

---

1) 翼翼(익익) : 본시는 말이 건장한 모양(《詩經》) 小雅 采芑鄭箋). 단
   여기서는 새가 펄펄 나는 모양을 형용한 말로 보아야 한다.
2) 八表(팔표) : 팔방(八方)의 밖, 이 세상 밖.
3) 雲岑(운잠) : 구름 덮인 높은 산봉우리.
4) 洽(흡) : 화하다, 알맞게 불다.
5) 求心(구심) : 본래의 마음을 구하다, 곧 자기의 참된 마음이 시키는
   대로 날아가는 것을 뜻한다.
6) 景庇(영비) : 그림자로 가려지다, 그림자가 가려지다. 새의 모습이 맑
   은 그늘 속으로 사라짐을 형용한 말.

雖不懷游나,　　　(수불회유)
見林情依라.　　　(견림정의)
遇雲頡頏[8]하여,　　(우운힐항)
相鳴而歸라.　　　(상명이귀)
遲路誠悠나,　　　(하로성유)
性愛無遺[9]로다.　　(성애무유)


翼翼歸鳥는,　　　(익익귀조)
相林徘徊하니,　　(상림배회)
豈思天路?리오.　　(기사천로)
欣及舊棲로다.　　(흔급구서)
雖無昔侶[10]나,　　(수무석려)
衆聲每諧라,　　　(중성매해)
日夕氣淸하니,　　(일석기청)
悠然其懷라.　　　(유연기회)


翼翼歸鳥는,　　　(익익귀조)
戢羽[11]寒條로다.　　(즙우한조)

---

7) 載(재) : 어조사.

8) 頡頏(힐항) : 새가 위로 날았다 아래로 날았다 하는 것.

9) 無遺(무유) : 버림이 없다, 빠트림이 없다. 여기서는 멀리 숲으로 날
   아갔다 오는 새가 그 습성을 잊지 않고 꼭 지킨다는 뜻.

10) 昔侶(석려) : 옛 친구들.

11) 戢羽(즙우) : 나래 깃을 거두다.

游不曠林이오,　　（유불광림）

宿則森標12)로다.　（숙즉삼표）

晨風淸興하면,　　（신풍청흥）

好音時交리라.　　（호음시교）

繒繳13)奚施?오　　（증격해시）

已卷安勞14)?오　　（이권안로）

---

12) 森標(삼표) : 숲의 나뭇가지 끝.

13) 繒繳(증격) : 줄살, 화살에 줄이 달린 것. 옛날에 새를 쏘아 잡는 데
　　썼다.

14) 卷(권) : 권(倦)의 뜻, 지치다.　安勞(안로) : 어찌 수고를 할까? 곧
　　줄살 같은 인간들의 위해(危害)는 생각할 필요도 없다는 말.

## 17. 구일한거(九日閑居)

서(序) : 나는 한가히 지내고 있어 중구(重九)라는 이름을 사랑한다. 가을 국화는 뜰에 가득한데 막걸리를 마련할 방도가 없어서, 부질없이 중구의 국화를 몸에 꽂고서 시를 통해 회포를 기탁하는 바이다.

세상 사는 동안은 짧은데 뜻은 늘 많아서
사람들은 오래 사는 것 좋아하네.
날과 달은 철따라 찾아오는데
세상 풍속으로 모두 9월 9일을 좋아하네.
이슬 싸늘해지고 따스한 바람 멈추었고
기운은 맑고 천체의 빛 밝아졌네.
떠나 버린 제비들은 그림자도 남기지 않고,
찾아오는 기러기들 소리 들려오네.
술은 온갖 걱정 없애주고
국화는 쇠해가는 나이를 막아 준다네.
어찌하여 초가집의 선비라 하여
부질없이 철이 변하는 것을 보고만 있겠는가?
먼지 덮인 술잔은 텅 빈 술독이 부끄럽고
싸늘한 꽃은 공연히 스스로 피어있네.
옷 앞자락 여미고 홀로 한가히 노래부르니

아득히 깊은 정이 우러나네.
숨어 사는 데는 본시 즐거움 많은 것이니
오래 있다보면 어찌 성공할 날 없을까?

〔해설〕

　작자 도연명은 전원(田園)에 묻혀 깨끗한 삶을 추구하면서 생활은
궁핍을 면치 못했던 것이다. 가난이 두려웠다면 전원으로 돌아오지도
않았을 것이다. 9월 9일 중양절(重陽節)은 모두 술병을 들고 친한 벗들
과 더불어 등고(登高)하여 맑은 가을철을 즐기는 날이다. 도연명의 집
뜰에 국화는 잔뜩 피었는데 등고하여 마실 술 한병이 그에게는 없다.
그러나 도연명은 여전히 한적(閑適)을 즐기며 중구(重九)의 맑은 계절
을 맞이하고 있는 것이다.

# 九日閑居(구일한거)

## 序

余閒居하여 愛重九之名이라. 秋菊盈園이나 而持醪靡由하여 空服九華하고, 寄懷於言이라.

(여한거, 애중구지명, 추국영원, 이지료미유, 공복구화, 기회어언.)

世短[1]意常多하니,　　(세단의상다)

斯人樂久生[2]이라.　　(사인낙구생)

日月依辰[3]至하니,　　(일월의신지)

擧俗愛其名[4]이라.　　(거속애기명)

露淒[5]暄風[6]息하고,　　(노처훤풍식)

---

1) 世短(세단) : 세상 사는 동안이 짧은 것.

2) 樂久生(낙구생) : 오래 살기를 즐기다, 오래 사는 것을 좋아하다.

3) 辰(신) : 때, 철.

4) 其名(기명) : 그 이름, 중구(重九)라는 이름. 앞의 작자 서문에서 "나는 중구(重九)라는 이름을 사랑한다" 하였다. 옛사람들은 9월 9일을 중구 또는 중양절(重陽節)이라 부르며, 술병을 들고 등고(登高)하는 풍습이 있었다.

5) 淒(처) : 싸늘해지다, 차가워지다.

6) 暄風(훤풍) : 따스한 바람.

氣澈7)天象8)明이라.　　(기철천상명)

往燕無遺影하고,　　　(왕연무유영)

來雁有餘聲이라.　　　(내안유여성)

酒能祛9)百慮하고,　　(주능거백려)

菊爲制頹齡10)이라.　　(국위제퇴령)

如何蓬廬11)士이　　　(여하봉려사)

空視時運傾12)?이리오　(공시시운경)

塵爵13)恥虛罍14)요,　　(진작치허뢰)

寒華15)徒自榮이라.　　(한화도자영)

斂襟16)獨閑謠하니,　　(염금독한요)

緬焉17)起深情이라.　　(면언기심정)

---

7) 澈(철) : 맑다.

8) 天象(천상) : 하늘의 해와 달과 별들. 천체.

9) 祛(거) : 물리치다, 쫓아내다.

10) 制頹齡(제퇴령) : 쇠약해가는 나이를 제어하다, 쇠해지는 나이를 막아주다.

11) 蓬廬(봉려) : 초가집, 움막.

12) 時運傾(시운경) : 시절의 운행이 기울다, 시절이 변하여 9월 9일이 된 것을 뜻한다.

13) 塵爵(진작) : 먼지가 앉아 있는 술잔, 오랫동안 술을 마시지 못했음을 뜻함.

14) 虛罍(허뢰) : 빈 술통, 빈 술독.

15) 寒華(한화) : 차가운 꽃, 국화를 가리킨다.

16) 斂襟(염금) : 옷 앞자락을 여미다, 자세를 바로잡는 것을 뜻한다.

17) 緬焉(면언) : 생각이 아득한 모양, 생각이 멀고 아득한 것.

棲遲[18]固多娛니,　　　（서지고다오）
淹留[19]豈無成고?　　　（엄류기무성）

---

18) 棲遲(서지) : 숨어 사는 것, 아무 일도 하지 않고 편히 지내는 것
　　（《詩經》陳風 衡門).

19) 淹留(엄류) : 오랫동안 머물러 있는 것, 오랫동안 그대로 지내는 것.

## 18. 신축년 칠월 휴가로 고향에 가려고 강릉으로 돌아가다가 밤에 도구를 지나면서(辛丑歲七月赴假還江陵夜行塗口)

한가히 살기 30년에,
마침내 세상일에 어둡게 되었네.
《시경》·《서경》은 옛부터의 기호를 두터이하고,
숲속은 속된 정을 없애네.
어찌 이를 버리고 떠나,
멀리 서쪽 형주에까지 가랴?
가을 초승달 아래 노를 저으며,
강물을 앞에 두고 벗을 이별하네.
싸늘한 바람이 저무는 해 따라 일더니,
밤 경치의 고요하고 밝음을 즐기네.
밝고 밝은 하늘은 넓기도 하고,
맑고 맑은 냇물은 질펀하네.
할 일 생각하니 잠 잘 겨를도 없이,
밤중에도 외로이 길을 가네.
출세는 내 뜻이 아니기에,
의연히 밭을 갈고 있네.
관을 던지고 옛마을로 돌아오니
벼슬 좋아하여 생기는 성가신 일 없게 되네.

초가집 아래에서 참됨을 기르며,
스스로의 이름 잘 지니기 바라서이네.

[해설]

이 시를 통하여 도연명은 일찍부터 세상의 명리(名利)보다도 전원에서의 참되고 깨끗한 삶을 동경하고 있었음을 알 수 있다. 그는 진군참군(鎭軍參軍) 같은 작은 벼슬살이를 경험하면서, 더욱 벼슬살이에는 뜻을 잃고 있는 것이다. 끝머리에서 "초가집 아래에서 참됨을 기르며, 스스로의 이름 잘 지니기 바라서이네"하고 속세의 명리를 버리고 전원 생활을 추구하려는 뜻을 잘 밝혀주고 있다.

# 辛丑歲1)七月赴假還江陵夜行塗口
(신축세칠월부가환강릉야행도구)


閑居2)三十載하니,　　（한거삼십재）

遂與塵事冥3)이라.　　（수여진사명）

詩書4)敦宿好하고,　　（시서돈숙호）

林園無俗情이라.　　（임원무속정）

如何捨此去하고,　　（여하사차거）

遙遙至西荊5)?고　　（요요지서형）

叩栧6)新秋月하니,　　（고예신추월）

---

1) 辛丑歲(신축세) : 도연명이 37세 되던 해인 401년. 부가(赴假)는 휴
　가를 얻어 고향으로 돌아가는 것. 강릉(江陵)은 지금의 호북성(湖北
　省) 강릉현(江陵縣), 도구(塗口)는 지금의 호북성 무창현(武昌縣) 남
　쪽 60리 되는 금구진(金口鎭) 근처에 있던 고을 이름. 이때 도연명
　은 유유(劉裕)라는 장군 밑에 진군참군(鎭軍參軍)이란 낮은 벼슬을
　하고 있다가 휴가를 얻어 강릉으로 가게 된 것이라 한다.

2) 閑居(한거) : 한가히 지내다. 그때까지 도연명은 벼슬을 한 기간을 빼
　고 거의 30년을 집에서 한가히 살아왔었다.

3) 塵事冥(진사명) : 티끌 많은 속세의 일에 대하여 어두워졌다.

4) 詩書(시서) : 《시경》·《서경》 같은 경전들.

5) 西荊(서형) : 서쪽의 형주(荊州). 형주는 강릉이 속해있던 행정구역
　이름.

臨流別友生이라.　　　（임류별우생）

涼風起將夕하고,　　　（양풍기장석）

夜景湛虛明[7]이라.　　　（야경담허명）

昭昭[8]天宇闊이오,　　　（소소천우활）

晶晶[9]川上平이라.　　　（효효천상평）

懷役[10]不遑寐하여,　　　（회역불황매）

中宵尙孤征이라.　　　（중소상고정）

商歌[11]非吾事니,　　　（상가비오사）

依依[12]在耦耕[13]이라.　　（의의재우경）

投冠[14]旋舊墟[15]하니,　　（투관선구허）

不爲好爵縈[16]이라.　　　（불위호작영）

---

6) 叩枻(고예) : 배의 노를 두드리다, 소리내어 배를 젓는 것을 뜻함.

7) 湛虛明(담허명) : 하늘의 공허함과 달이 밝은 것을 즐기다.

8) 昭昭(소소) : 하늘이 밝은 모양.

9) 晶晶(효효) : 달빛이 강물에 비치어 환한 모양.

10) 役(역) : 일, 할 일.

11) 商歌(상가) : 옛날 영척(甯戚)이 수레 밑에서 장사꾼 노래를 불렀는데, 제(齊)나라 환공(桓公)이 그것을 듣고 영척의 현명함을 알아보았었다 한다(《淮南子》). 따라서 '상가' 곧 '장사꾼 노래'를 부른다는 것은 나아가 벼슬할 뜻을 나타냄을 뜻한다.

12) 依依(의의) : 미련을 갖는 모양.

13) 耦耕(우경) : 쟁기로 밭을 가는 것, 농사를 짓는 것.

14) 投冠(투관) : 관을 내던지다, 벼슬을 그만두는 것을 뜻함.

15) 旋舊墟(선구허) : 옛마을로 되돌아오다.

16) 縈(영) : 얽히다, 신변에 성가신 일들이 생기는 것.

養眞衡茅[17]下하여,　　　（양진형모하）

庶[18]以善自名이라.　　　（서이선자명）

---

17) 衡茅(형모) : 형문모옥(衡門茅屋)의 합친 말. 곧 작대기를 걸치어
　　문을 만든 초라한 초가집.

18) 庶(서) : 바라다.

# 19. 심부름꾼에게 묻는 말(問來使)

그대는 산중으로부터 왔으니,
얼마 전에 천목산을 떠나온 거겠지.
우리집은 남산 아래에 있는데,
지금은 몇 포기의 국화가 자라있노?
장미잎은 진작 나왔을 테고,
가을난초는 향기롭게 피어 있겠지.
돌아가 산중엘 가면,
산중에는 술이 익었을 게라.

〔해설〕

고향으로부터 온 심부름꾼에게 물어본 말이지만, 이미 이 시에는 전원으로 돌아가고픈 뜻이 강하게 나타나 있다.

홍매(洪邁 : 1123~1202년)의 《용재수필(容齋隨筆)》5집 권1 문고거조(問故居條)에 "도연명(陶淵明)의 〈문래사(問來使)〉시는······ 제집(諸集) 중에 모두 실려 있지 않다. 오직 조문원(晁文元)의 가본(家本)에만 들어 있다. 천목산(天目山)은 도연명의 거처가 아닌 듯하다. 그런데 이백(李白)은 '도령귀거래(陶令歸去來)하니, 전가주응숙(田家酒應熟)이라' 즉 도연명이 팽택령(彭澤令)을 그만두고 돌아오니 전가엔 술이 응당 익었을 게라. ── 《〈추흥(秋興)〉)하고 읊었는데, 곧 이 시의 구절을 써서 지은 듯하다."고 하였다.

# 問來使(문래사)<sup>1)</sup>

問來使(문래사)[1]

爾<sup>2)</sup>從山中來하니,　　(이종산중래)

早晩發天目<sup>3)</sup>이라.　　(조만발천목)

我屋南山下에,　　(아옥남산하)

今生幾叢<sup>4)</sup>菊고?　　(금생기총국)

薔薇葉已抽<sup>5)</sup>요,　　(장미엽이추)

秋蘭氣當馥<sup>6)</sup>이라.　　(추난기당복)

---

1) 問來使(문래사) : 도연명이 전에 팽택현령(彭澤縣令)을 하고 있을 때 향리(鄕里)로부터 심부름 보낸 사람이 왔다. 이 시는 향리로부터 온 심부름꾼에게 산중(山中)의 자기 집 모양을 물으며 은근히 산중에의 동경(憧憬)을 노래한 것이다. 이 시는 《도연명집》 권4, 〈사시(四時)〉 시의 앞에 실려 있으나, 탕한(湯漢)은 그 제하(題下)에 만당(晚唐) 사람이 이태백(李太白)의 〈감추(感秋)〉 시를 보고 위작(僞作)한 것이라 주(注)하고 있다.

2) 爾(이) : 너. 내사(來使)를 가리킴.

3) 早晩(조만) : 곧, 얼마 전. 發(발) : 출발. 天目(천목) : 산 이름. 절강성(浙江省) 항주부(杭州府) 임안현(臨安縣)의 서쪽에 있는 도교(道敎)의 영산(靈山). 도연명의 향리와는 관계가 없으며 또 그가 가본 일도 없는 곳이다. 이 점이 이 시의 위작임을 의심케 한다.

4) 叢(총) : 떨기.

5) 薔薇(장미) : 덩굴장미. 抽(추) : 잎새가 삐져나오는 것.

6) 秋蘭(추란) : 난초(蘭草)의 별종(別種)으로 가을에 피는 것. 當馥(당

歸去來山中[7]하면,　　　（귀거래산중）

山中酒應熟[8]이리라.　　（산중주응숙）

---

복) : 당연히 향기로울 것이다.

7) 歸去來山中(귀거래산중) : 도연명에게 〈귀거래(歸去來)〉 사(辭)가 있어 이곳에서도 '내(來)'자를 조사(助詞)로 보는 이가 있으나, '내산중(來山中) : 산중으로 온다(간다)'로 연결시켜 읽음이 옳을 것이다.

8) 熟(숙) : 익다.

제 2 부

# 술과 시

## 20. 음주(飮酒) 〈1〉

**서**(序) : 나는 한가히 살아 기쁜 일이 적은데, 거기에 가을밤은 이미 길어졌다. 우연히 좋은 술이 생겨 마시지 않는 저녁이란 없는데, 그림자를 돌아다보며 홀로 마시다 보면 어느덧 다시 취하게 된다. 취하게 된 뒤에는 그때마다 몇구절의 시를 지어 스스로 즐겼다. 시를 적은 종이가 마침내 많아지고, 글에 차례가 없기에 친구에게 그것을 다시 쓰도록 하여 즐기고 웃을 거리로 삼는 바이다.

　쇠락과 영달은 정해져 있는 곳 없고
　피차 번갈아가며 함께 가는 것이네.
　소평(邵平)이 오이밭에서 일하는 것이
　어찌 동릉후(東陵侯) 적 만이야 했겠는가?
　추위와 더위 서로 뒤바뀌고 있는데
　사람들의 도리도 늘 그와 같은 거라네.
　통달한 사람은 그런 이치를 터득하고
　그것을 다시는 의심치 않는다네.
　문득 한통의 술을 놓고
　밤낮으로 기꺼이 함께 즐기네.

　[해설]
　도연명의 음주철학을 잘 드러내고 있는 시들이다. 모두 20수로 이루어져 있으나 그 중 대표적인 것들 여덟 수를 골랐다.

# 飮酒(음주) 〈其一〉

## 序

余閒居寡歡이오, 兼秋夜已長이라. 偶有名酒하여, 無夕不飮이
러니, 顧影獨盡하여, 忽焉復醉라. 旣醉之後엔, 輒題數句自娛라.
紙墨遂多나, 辭無詮次하여, 聊命故人書之하여, 以爲歡笑爾라.

(여한거과환, 겸추야이장. 우유명주, 무석불음, 고영독진, 홀언부취.
기취지후, 첩제수구자오. 지묵수다, 사무전차, 요명고인서지, 이위환
소이.)

衰榮無定在[1]하고,　　(쇠영무정재)

彼此[2]更共之라.　　(피차갱공지)

邵生瓜田中이,　　(소생과전중)

寧似東陵時?리오　　(영사동릉시)

寒暑有代謝[3]하고,　　(한서유대사)

---

1) 定在(정재) : 정해져 있는 곳, 정해진 위치.
2) 邵生(소생) : 한(漢)나라 초의 소평(邵平). 그는 본시 진(秦)나라의
   동릉후(東陵侯)였는데, 진나라가 망한 뒤에는 평민이 되어 가난해져
   서 장안(長安)의 성 동쪽에서 오이를 길렀다. 그의 오이는 맛이 좋아
   세상 사람들은 그 오이를 동릉과(東陵瓜)라 불렀다 한다(李公煥 注
   引〈蕭何傳〉).
3) 代謝(대사) : 서로 바뀌는 것.

人道每如玆라.　　　(인도매여자)
達人解其會4)하고,　　(달인해기회)
逝將5)不復疑라.　　　(서장불부의)
忽與一樽酒로,　　　(홀여일준주)
日夕歡相持라.　　　(일석환상지)

---

4) 會(회) : 이치.
5) 逝將(서장) : 조사. '그것에 대하여' 정도의 가벼운 뜻을 나타낸다.

# 21. 음주(飲酒)〈3〉

도가 없어진 지 천년이 되어 가는데
사람들은 그의 진정을 딴 곳에 쓰네.
술이 있어도 마시려 들지 않고
오직 세상의 명성만을 추구하려 하네.
내 몸이 귀중한 까닭은
어찌 한평생에 있지 아니한가?
한평생은 또 얼마나 갈 수 있는가?
빠르기 번갯불에 번쩍 놀라는 것 같지 않은가?
어슬렁거리다가 백년 동안에
그래가지고 무얼 이루려는 것일까?

[해설]

《도정절집(陶靖節集)》권3에 실려있는 〈음주〉시 20수 중의 제3수.
올바른 도(道)도 행해지지 않게 된 세상에서 술도 마시지 않고 세상의
명리(名利)만을 추구하는 어리석은 인간들을 꼬집은 것이다. 술은 올바
른 도가 행해지게 하지는 못하지만 적어도 세상의 명리에 초연할 수 있
게는 하는 것이라 믿은 것이다.

# 飮酒(음주) 〈其三〉

道喪向千載어늘,　　(도상향천재)
人人惜<sup>1)</sup>其情이라.　　(인인석기정)
有酒不肯飮하고,　　(유주불긍음)
但顧世間名이라.　　(단고세간명)
所以貴我身이,　　(소이귀아신)
豈不在一生?고.　　(기부재일생)
一生復能幾?오　　(일생부능기)
倏如<sup>2)</sup>流電驚이라.　　(숙여유전경)
鼎鼎<sup>3)</sup>百年内에,　　(정정백년내)
持此欲何成?고　　(지차욕하성)

---

1) 惜(석) : 아끼다, 아끼어 딴 곳에 쓰는 것.

2) 倏如(숙여) : 빠른 모양.

3) 鼎鼎(정정) : 게으름피우며 서서히 움직이는 모양, 어슬렁거리기만 하
  는 모양.

## 22. 음주(飮酒) 〈4〉


허전한 무리를 잃은 새가
날은 저무는데 홀로 날아가네.
배회하며 정해진 머물 곳 없어
밤마다 우는 소리 더욱 슬프네.
거센 소리는 맑고 먼곳 생각하는 듯,
왔다갔다 어디에 의지하려 하는가?
마침 외로이 서있는 소나무 만나
날갯죽지 접고 날아와서 깃드네.
세찬 바람에 잘 자란 나무 없는데
이 나무 그늘만은 유독 쇠하지 않네.
몸을 의탁할 좋은 곳 이미 얻었으니
천년토록 저버리지 않으리라.


[해설]

〈음주〉 시인데도 술 마신다는 말은 한마디로 나오지 않는다. 무리를
잃은 새는 도연명 자신에게 비유한 것이고, 외로운 소나무는 자기의 깨
끗한 뜻을 꿋꿋이 뒷받침해 주는 그의 술에 비유한 듯하다. 〈음주〉 시
20수 중의 네 번째 시이다.

## 飮酒(음주) 〈其四〉

栖栖[1]失群鳥이,　　（서서실군조）
日暮猶獨飛라.　　（일모유독비）
徘徊無定止하여,　　（배회무정지）
夜夜聲轉悲[2]라.　　（야야성전비）
厲響[3]思淸遠하니,　　（여향사청원）
去來何所依?오　　（거래하소의）
因値孤生松하여,　　（인치고생송）
斂翮[4]遙來歸라.　　（염핵요래귀）
勁風無榮木이어늘,　　（경풍무영목）
此蔭獨不衰라.　　（차음독불쇠）
託身已得所하니,　　（탁신이득소）
千載不相違리라.　　（천재불상위）

---

1) 栖栖(서서) : 불안한 모양, 허전한 모양.
2) 轉悲(전비) : 더욱 슬퍼지다.
3) 厲響(여향) : 사나운 울림, 거센 소리.
4) 斂翮(염핵) : 날갯죽지를 거두다, 날개를 접다.

## 23. 음주(飮酒)〈5〉

사람 사는 마을 가에 움막 엮어놓았으나
시끄럽게 수레 말 몰고 찾아오는 이 없네.
그대에게 묻노니 어찌 그러할 수가 있는가?
마음이 먼 경지에 있으니 사는 땅도 자연 편벽되게 되네.
동녘 울타리 아래 국화 꺾어 들고
어엿이 남산을 바라보노라면,
산 기운은 날 저물며 아름답기만 한데
나는 새들은 어울리어 둥우리로 돌아가고 있네.
이런 가운데 참된 뜻 있으니
이를 설명하려다가도 문득 할 말을 잊네.


〔해설〕

　이 시는 《도연명집(陶淵明集)》에는 보통 〈음주(飮酒)〉시 20수 중의 제5수로 들어 있지만, 소명태자(昭明太子)의 《문선(文選)》에는 〈잡시(雜詩)〉란 제목 아래 이 한 수만이 들어 있다. 어떻든 이 시에는 전원 속에 묻혀 잡된 생각을 버리고 술과 시문(詩文)으로 깨끗이 살아가는 도연명의 생활태도가 잘 그려져 있다.

　특히 이 중의 '채국동리하(采菊東籬下)하여, 유연견남산(悠然見南山)이라'고 읊은 구절은 송대 문호 소식(蘇軾)이 칭찬한 이래로 명구로 널리 알려져 있다. 맨 끝머리에서 자기의 이러한 참된 뜻을 설명하려 하다가도 "문득 할 말을 잊는다"고 한 것은 자기를 잊고 자연과 융화(融和)하는 도연명의 생활철학을 잘 드러내 보여주고 있다. 그것은 〈연우독음(連雨獨飮)〉 시의 "하늘을 잊는다"고 한 말과도 통하는 것이다.

## 飮酒(음주) 〈其五〉

結廬1)在人境2)하니,　　(결려재인경)

而無車馬3)喧이라.　　　(이무거마훤)

問君何能爾?오　　　　(문군하능이)

心遠地自偏4)이라.　　　(심원지자편)

采菊東籬下하여,　　　　(채국동리하)

悠然5)見南山;이라.　　　(유연견남산)

山氣日夕佳요,　　　　　(산기일석가)

飛鳥相與還이라.　　　　(비조상여환)

此中有眞意하니,　　　　(차중유진의)

欲辨6)已忘言이라.　　　(욕변이망언)

---

1) 結廬(결려) : 움막을 짓다, 초라한 집을 엮어 만들다.

2) 人境(인경) : 사람들이 사는 마을에서 약간 떨어진 곳.

3) 車馬(거마) : 수레나 말을 타고 찾아오는 사람들. 수레나 말을 타고
   다니는 사람이라면 당시에는 대개가 관리들이었다.

4) 偏(편) : 편벽되다, 한편으로만 치우치다.

5) 悠然(유연) : 어엿이, 마음에 여유가 있는 모양.

6) 辨(변) : 분별하다, 분별하여 설명하다.

## 24. 음주(飮酒) 〈7〉

가을 국화는 빛깔도 좋을씨고,
이슬 머금은 그 꽃을 따,
이 시름 잊게 하는 술에 띄워,
나의 세상 버린 정을 더 멀리 한다.
한잔 술을 홀로 들고는 있지만,
잔이 다하면 술병은 자연히 기울어진다.
해 지자 모든 움직임이 쉬고,
깃드는 새는 숲속으로 울며 날아간다.
동쪽 툇마루 아래 휘파람 불며 거니니,
또 다시 이 삶을 얻은 듯하다.

[해설]

이는 〈음주〉 시 20수 중의 일곱 번째 시이다. 도연명이 좋아하던 술과 국화에 대한 그의 정이 잘 드러나 있는 작품이다.

작자는 이슬 머금은 깨끗한 국화꽃을 따서 술에 띄우고 홀로 잔을 기울이고 있다. 잔이 비면 다시 자연스럽게 술병이 기울어져 술이 다시 잔에 채워진다. 이렇게 하는 사이 해가 지자 숲속으로 날아가는 새들의 울음소리만이 들려온다. 이런 가운데 아무런 거리낌없이 자유로운 몸가짐으로 있노라면 진실한 삶의 기쁨이 가슴속으로부터 솟아오른다. 도연명은 완전히 자연 속에 융화되어, 아무런 바람이나 욕구도 없는 인간 본연의 모습으로 살아가고 있는 것이다.

## 飮酒(음주) 〈其七〉

秋菊有佳色하니, 　　(추국유가색)

裛露1)掇其英2)이라. 　　(읍로철기영)

汎3)此忘憂物하여, 　　(범차망우물)

遠我遺世情4)이라. 　　(원아유세정)

一觴5)雖獨進이나, 　　(일상수독진)

盃盡壺自傾이라. 　　(배진호자경)

日入羣動息6)하고, 　　(일입군동식)

歸鳥趨林鳴이라. 　　(귀조추림명)

嘯傲7)東軒下하니, 　　(소오동헌하)

聊8)復得此生이라. 　　(요부득차생)

---

1) 裛露(읍로) : 읍(裛)은 읍(浥)과 통하여, 이슬에 젖는 것.

2) 掇其英(철기영) : 그 꽃을 따다, 그 꽃을 꺾다.

3) 汎(범) : 띄우다.

4) 遺世情(유세정) : 세상을 버린 정, 속세를 잊은 감정.

5) 觴(상) : 술잔.

6) 羣動息(군동식) : 여러 움직임이 쉬다, 곧 만물이 고요해짐을 뜻한다.

7) 嘯傲(소오) : 휘파람 불면서 아무 거리낌없이 행동하며 노니는 것.

8) 聊(료) : 또, 또한.

## 25. 음주(飲酒) 〈8〉


푸른 소나무 동쪽 뜰에 있으니
온갖 풀들 모습 다 사라졌네.
된서리에 다른 초목들 다 시들었는데도
우뚝히 높은 가지 보여주고 있네.
숲에 연달아 있음을 사람들 깨닫지 못하는데,
홀로 선 나무 많은 나무들 중에서도 기특하네.
술병 가져다가 차가운 가지에 걸어놓고
멀리 바라보는 일 되풀이 하네.
우리 삶이란 꿈이나 환각 속 같은 건데,
무엇 때문에 속세의 굴레에 매어 지내겠는가?

[해설]

　그의 〈음주〉 시 20수 중의 제8수. 푸른 소나무는 자신에 은근히 견주고 있는 듯하다. 소나무가 된서리에도 홀로 초연하듯, 어지러운 속세에서도 자신은 술 마시며 초연히 살아가겠다는 것이다.

# 飲酒(음주) 〈其八〉

| | |
|---|---|
| 靑松在東園하니, | (청송재동원) |
| 衆草沒其姿라. | (중초몰기자) |
| 凝霜1)殄2)異類이로되, | (응상진이류) |
| 卓然3)見高枝라. | (탁연견고지) |
| 連林人不覺이나, | (연림인불각) |
| 獨樹4)衆乃奇라. | (독수중내기) |
| 提壺5)挂寒柯하고, | (제호괘한가) |
| 遠望時復爲라. | (원망시부위) |
| 吾生夢幻間을, | (오생몽환간) |
| 何事紲6)塵羈7)?아 | (하사설진기) |

---

1) 凝霜(응상) : 엉긴 서리, 된서리.

2) 殄(진) : 죽이다, 시들다.

3) 卓然(탁연) : 우뚝한 모양.

4) 獨樹(독수) : 홀로 선 나무, 홀로 자란 나무.

5) 壺(호) : 술병.

6) 紲(설) : 매이다, 얽매이다.

7) 塵羈(진기) : 먼저 세상의 굴레, 속세의 구속.

## 26. 음주(飮酒) 〈9〉

이른 아침 문 두드리는 소리 듣고서
바지 거꾸로 입고 나가 직접 문 열고,
누구신지요 하고 물었더니
한 농부가 마음이 좋아서,
술병 들고 멀리 찾아보러 왔는데
시세에 어긋난 사람이라고 날 의심하네.
"초가 지붕 밑에 누더기 차림은
고상한 생활이라 할 수가 없소.
온 세상 모두 어울리기를 숭상하니
선생도 세상의 흙탕물 함께 휘젓도록 하시오!"
"영감님 말씀 깊이 감사드리나
타고난 기질이 남과 어울리지 못하오.
고삐에 얽매이는 삶을 배워도 좋겠으나
자기를 어기는 것이 어찌 미혹된 일 아니겠소?
그러니 함께 이 술이나 즐기십시다.
내 수레는 돌릴 수가 없다오!"

[해설]

　술병을 들고 찾아온 농부와의 대화를 통하여 자신의 음주철학을 노
래한 시이다. 그의 〈음주〉 시 제9수이다. 《초사(楚辭)》에 실린 〈어부사

(漁父辭)〉를 떠올리게 하는 시이다. 〈어부사〉에서도, 강호를 방랑하는 굴원(屈原)에게 어부가 "세상 사람들이 모두 혼탁하다면, 어째서 그 흙 탕물을 휘저어 그 물결이 일어나게 하지 않소? 여러 사람들이 모두 취하여 있다면, 어째서 그 술지게미라도 먹고 그걸 짠 묽은 술이라도 마시지 않소?"하고 말하고 있다.

## 飲酒(음주) 〈其九〉

| | |
|---|---|
| 清晨聞叩門하고, | (청신문고문) |
| 倒裳1)往自開라. | (도상왕자개) |
| 問子爲誰與하니, | (문자위수여) |
| 田父有好懷라. | (전부유호회) |
| 壺漿2)遠見候라, | (호장원견후) |
| 疑我與時乖라. | (의아여시괴) |
| 襤縷3)茅簷4)下는, | (남루모첨하) |
| 未足爲高栖5)라. | (미족위고서) |
| 一世皆尙同6)하니, | (일세개상동) |
| 願君汨7)其泥라. | (원군골기니) |
| 深感父老言이나, | (심감부로언) |

---

1) 倒裳(도상) : 바지를 거꾸로 입는 것, 급히 서두름을 형용한 말임.
2) 壺漿(호장) : 장(漿)이 담긴 병. 장은 옛날 음료의 일종이나, 여기서는 술을 가리킨다.
3) 襤縷(남루) : 누더기 옷, 누더기 옷을 입다.
4) 茅簷(모첨) : 초가집 추녀, 초가 지붕.
5) 高栖(고서) : 고상하게 생활하다, 고귀하게 살다.
6) 尙同(상동) : 함께 어울려 같은 행동을 하는 것을 숭상하는 것.
7) 汨(골) : 어지럽히다, 휘젓다.

116

稟氣[8]寡所諧라.　　　(품기과소해)

紆轡[9]誠可學이니,　　(우비성가학)

違己詎[10]非迷?오　　(위기거비미)

且共歡此飮이어다.　　(차공환차음)

吾駕不可回!니라.　　(오가불가회)

---

8) 稟氣(품기) : 타고난 기질.

9) 紆轡(우비) : 고삐에 얽매이다, 세속에 얽매이는 것, 세속적인 생활을 하는 것을 뜻함.

10) 詎(거) : 어찌.

## 27. 음주(飮酒) 〈20〉


복희(伏羲)와 신농(神農)씨는 태곳적 분들이니,
온 세상엔 참됨으로 돌아가려는 이가 적네.
애쓰신 노나라의 공자란 노인이,
이것을 고쳐 순박한 것으로 만드셨네.
봉황새는 날아들지 않았지만,
예악이 잠시 새로워질 수 있었네.
그러나 공자의 영향이 미세해져서,
미친 진나라에까지 떠내려왔었네.
시서(詩書)는 또 무슨 죄가 있었길래,
하루아침에 재로 만들었던가?
세심한 여러 할아버지들은
일하심이 정말 성실하셨는데,
어째서 오랜 시대가 흐른 뒤엔
육경(六經) 가운데 하나도 잘 아는 이가 없는가?
하루 종일 수레 몰고 이익 찾아 달리지만,
나루터를 묻는 이도 보지 못했네.
만약 다시 유쾌히 술 마시지 않는다면,
공연히 머리 위의 건(巾)만을 배반케 되리라.
다만 그릇됨이 많음을 한하노니,
그대는 마땅히 술 취한 사람 용서해야 할지라.

〔해설〕

　〈음주〉시 20수 중의 끝 작품이다. 태곳적 사람들은 마음이 순박했었
는데, 역사가 흐르고 사회가 개명됨에 따라 그 순박함이 소멸되어갔다.
중간에 공자(孔子) 같은 분이 나와 세상을 예(禮)와 악(樂)으로 바로잡
고 사람들에게 인(仁)과 의(義)를 가르치려 하기도 하였다. 그러나 다
시 진시황 같은 폭군이 나와 심지어 공자가 편정(編定)한 육경(六經)까
지도 불태워 버렸다. 한(漢)나라 초기에는 많은 학자들이 나와 다시 육
경을 연구하고 그 책들을 세상에 전하였지만, 세상에는 그 경전들을 올
바로 공부하려는 사람들이 하나도 없다.

　인간 본연의 순박함을 잃고 명리(名利)를 추구하기에 모두가 바쁘다.
이런 세상에 어찌 술조차도 안 마실 수가 있겠는가? 술이라도 통쾌히
마시어 인간 본연의 모습에 접근하도록 해야만 할 거라는 것이다. 술에
라도 취하고 보면 인간의 속된 명리를 그래도 좀 멀리할 수 있게 된다
는 것이다. 〈음주〉시의 결론이라 할 수도 있는 내용이다.

# 飮酒(음주) 〈其二十〉

義農<sup>1)</sup>去我久하니,　　（희농거아구）
擧世少復眞<sup>2)</sup>이라.　　（거세소복진）
汲汲<sup>3)</sup>魯中叟<sup>4)</sup>이,　　（급급노중수）
彌縫<sup>5)</sup>使其淳이라.　　（미봉사기순）
鳳鳥<sup>6)</sup>雖不至로되,　　（봉조수부지）
禮樂暫<sup>7)</sup>得新이라.　　（예악잠득신）
洙泗<sup>8)</sup>輟微響하니,　　（수사철미향）
漂流<sup>9)</sup>逮狂秦<sup>10)</sup>이라.　（표류체광진）

---

1) 義農(희농) : 복희(伏羲)와 신농(神農), 옛 황제들.
2) 少復眞(소복진) : 참됨으로 회복되는 사람이 적다. 곧 진실한 인간 본연의 모습으로 되돌아가는 이들이 적다는 뜻.
3) 汲汲(급급) : 쉬지 않고 애쓰는 모양.
4) 魯中叟(노중수) : 노나라의 노인, 곧 공자(孔子)를 가리킴.
5) 彌縫(미봉) : 해진 곳을 깁다, 잘못된 곳을 보충하는 것.
6) 鳳鳥(봉조) : 봉황새, 태평성세에만 나타나는 새여서 태평성세를 가리킴.
7) 暫(잠) : 잠시, 한때.
8) 洙泗(수사) : 수수(洙水)와 사수(泗水). 산동성(山東省) 곡부(曲阜)에 흐르고 있는 강물 이름으로 공자의 학문을 가리킨다.
9) 漂流(표류) : 물에 떠서 흘러가다, 역사가 자연의 섭리대로 흘러감을 뜻한다.

120

詩書亦何罪?오　　　　（시서역하죄）

一朝成灰塵11)이라.　　（일조성회진）

區區12)諸老翁13)이,　　（구구제로옹）

爲事14)誠慇懃15)이어늘.（위사성은근）

如何絶世16)下엔,　　　（여하절세하）

六籍17)無一親?고　　　（육적무일친）

終日馳車走18)로되,　　（종일치거주）

不見所問津19)이라.　　（불견소문진）

---

10) 狂秦(광진) : 미친듯한 진나라. 진시황(秦始皇)이 포학한 정치를 폈
던 일을 가리킨다.

11) 成灰塵(성회진) : 재와 먼지가 되다, 진시황이 천하의 책들을 모아
분서(焚書)했던 일을 가리킴.

12) 區區(구구) : 잔일에까지 모두 마음을 쓰는 모양, 세심한 모양.

13) 諸老翁(제노옹) : 여러 노인들.《시경(詩經)》을 전한 제(齊)나라 원
고생(轅固生),《서경(書經)》을 전한 제남(濟南)의 복생(伏生),《예
기(禮記)》를 전한 노(魯)나라의 고당생(高堂生) 등 한(漢) 초의 학
자들을 가리킨다(《漢書》儒林傳).

14) 爲事(위사) : 일을 하는 것, 여기서는 위의 여러 학자들이 유가의
경전을 열심히 연구하여 세상에 전하는 것을 가리킴.

15) 慇懃(은근) : 공을 들이는 것, 성실하게 노력하는 것.

16) 絶世(절세) : 오랜 세대가 흐르는 것, 먼 후세를 가리킴.

17) 六籍(육적) : 육경(六經). 시(詩)·서(書)·역(易)·예(禮)·악(樂)·
춘추(春秋)의 여섯 가지 유가의 경전.

18) 馳車走(치거주) : 명리(名利)를 추구하느라 수레를 몰고 이리저리
달리는 것.

19) 問津(문진) : 나루터 있는 곳을 묻다.《논어(論語)》미자(微子)편에

若復不快飮이면,　　　　　（약부불쾌음）

空負頭上巾20)이리라.　　　（공부두상건）

但恨多謬誤21)니,　　　　　（단한다류오）

君當恕醉人22)이라.　　　　（군당서취인）

---

공자가 길을 가다가 자로(子路)를 시켜 밭을 갈고 있는 장저(長沮)와 걸익(桀溺)에게 가서 나루터가 있는 곳이 어딘가를 묻는 대목이 있다. 이를 바탕으로 '진리를 탐구하는 행위', '올바른 학문을 추구하는 것'을 '문진(問津)'이라 표현하게 되었다.

20) 頭上巾(두상건) : 머리 위의 두건, 도연명은 두건으로 술을 걸러 마시기도 하였다 한다.

21) 謬誤(유오) : 잘못, 그릇됨.

22) 恕醉人(서취인) : 술취한 사람은 용서하라. 술취한 사람은 그래도 순수한 편이기 때문이다.

## 28. 연이어 비오는 날에 홀로 술 마시며(連雨獨飮)


태어났으면 반드시 죽음으로 돌아가게 되는 것,
옛부터 그렇게 말하여 왔다.
세상에 적송자(赤松子) 왕자교(王子喬) 같은 선인이 있었다지만,
지금 그들이 어디에 있는가?
늙은 친구들이 내게 술을 보내주며
마시면 신선 된다고 말하더군.
시험 삼아 마셔 보니 온갖 잡된 감정 멀어지고,
거듭 잔을 기울이노라니 갑자기 하늘까지도 잊게 된다.
하늘이야 어찌 이곳에서 사라지겠는가?
진실함에 몸을 맡기고 내세우는 게 없으니,
구름 사이의 학처럼 이상한 나래가 나서
우주(宇宙)를 잠깐 사이에 돌아오는 기분이다.
내가 이 고독(孤獨)을 간직한 이래
여기에 힘써 오기 40년,
육체는 벌써 노쇠하였지만
이 마음 그대로 있으니 다시 무슨 말을 하랴!


〔해설〕
  이 시에서 '거듭 잔을 기울이노라니 하늘까지도 잊게 된다'고 한 것
은 술을 통해서 이루어지는 이른바 '무아지경(無我之境)'을 뜻한다. '하

늘을 잊는다'는 것은 곧 자기 주위의 모든 존재를 잊고 자기자신까지도 잊게 된다는 것이다. 도연명은 도가(道家)에서 얘기한 이러한 지고(至高)의 경지에 도달하기 위하여 연이어 비오는 날 홀로 술잔을 기울였던 것이다.

# 連雨獨飮(연우독음)[1]

| | |
|---|---|
| 運生[2]會[3]歸盡[4]이니, | (운생회귀진) |
| 終古謂之然이라. | (종고위지연) |
| 世間有松喬[5]라하나, | (세간유송교) |
| 於今定[6]何間[7]?고 | (어금정하간) |
| 故老贈余酒하고, | (고로증여주) |
| 乃言飮得仙이라. | (내언음득선) |
| 試酌百情[8]遠하고, | (시작백정원) |
| 重觴忽忘天[9]이라. | (중상홀망천) |

---

1) 連雨獨飮(연우독음) : 여러 날 비가 계속되는데 홀로 들어앉아 술을 마시는 것. 비가 여러 날 계속되자 사람들의 내방이 끊기어 홀로 술 마신다는 뜻으로 '연우인절독음(連雨人絶獨飮)'으로 된 판본도 있다.

2) 運生(운생) : 삶을 영위하는 것.

3) 會(회) : 반드시 ……하게 된다는 뜻.

4) 歸盡(귀진) : 다함으로 돌아가다, 곧 죽음을 뜻한다.

5) 松喬(송교) : 적송자(赤松子)와 왕자교(王子喬). 두 사람 모두 옛날 의 전설적인 선인(仙人)임.

6) 定(정) : 꼭, 결국.

7) 何間(하간) : 어디, 어느 곳.

8) 百情(백정) : 여러 가지 번거로운 감정.

9) 天(천) : 하늘, 여기서는 자기 주위의 모든 자연 만물을 대표함.

天豈去此哉?아　　　　（천기거차재）

任眞10)無所先11)이라.　（임진무소선）

雲鶴有奇翼하여.　　　（운학유기익）

八表12)須臾13)還이라.　（팔표수유환）

自我抱玆獨하여.　　　（자아포자독）

僶俛14)四十年이라.　　（민면사십년）

形骸15)久已化나.　　　（형해구이화）

心在復何言?이리요　　（심재부하언）

---

10) 任眞(임진) : 진실함에 맡기다, 자기 자신을 인간 본연(本然)의 자연
　　스런 경지에 두는 것.

11) 無所先(무소선) : 앞세우는 바가 없다. 꼭 부귀나 명예 같은 것을
　　얻으려고 애쓰지 아니함을 뜻한다.

12) 八表(팔표) : 팔방(八方)의 밖, 우주(宇宙)를 뜻함.

13) 須臾(수유) : 잠깐 동안, 잠시 동안.

14) 僶俛(민면) : 민면(黽勉)으로도 쓰며, 힘쓰는 것, 노력하는 것.

15) 形骸(형해) : 육체.

## 29. 곽주부의 시에 화작함(和郭主簿)
### —— 2수


우거진 대청 앞 숲은
한여름의 맑은 그늘 담고 있네.
남풍이 철따라 불어오고
회오리바람이 내 옷 앞자락 열어제치네.
교유 그만두고 가서 한가히 누워있으면서
앉아서나 일어서서나 금과 책 손에서 떠나지 않네.
남새밭의 채소는 푸짐하게 자라고
옛 곡식이 지금까지 쌓여있네.
자기 생활 영위에는 정말 한도가 있으니
족함에서 지나침은 바라는 바 아닐세.
차조 찧어서 맛있는 술 담가
술 익으면 내가 스스로 따라 마시네.
어린 아들놈 내 곁에서 노는데
말 배운다는 것이 제소리도 잘 내지 못하네.
이런 일은 정말로 매우 즐거워서
잠시 그로 인하여 벼슬살이 같은 것 다 잊어버리네.
아득히 멀리 흰 구름 바라보노라니
옛일이 어찌 그리 절실하게 그리운가?

온화한 윤택이 춘삼월과 똑같은
맑고 서늘한 가을철이 되었네.
이슬 내리어 떠다니는 먼지도 없고
하늘은 높은데 깨끗한 경치가 맑네.
언덕과 뫼뿌리 위로 빼어난 봉우리 솟아있으니
멀리 바라보면 모두가 기묘하기 짝이 없네.
향기로운 국화 수풀 사이에 피어 빛을 내고
푸른 소나무는 바위 위에 늘어서 있네.
이런 곧고 빼어난 모습 마음에 품고 있으니
우뚝히 서리 아래 호걸이 되네.
술잔 입에 문 채 숨어 산 사람 생각하니
천년만에 그분 법도 행하는 셈이구나.
평소 마음에 챙기고 있으면서도 그것을 펴지는 못하고,
어정어정 좋은 세월 다 보내누나!

# 和郭主簿(화곽주부)<sup>1)</sup> 二首

和郭主簿(화곽주부)¹⁾ 二首

|  |  |
|---|---|
| 藹藹²⁾堂前林은, | (애애당전림) |
| 中夏貯清陰이라. | (중하저청음) |
| 凱風³⁾因時來하고, | (개풍인시래) |
| 回颷⁴⁾開我襟이라. | (회표개아금) |
| 息交遊閒臥하고, | (식교서한와) |
| 坐起弄書琴이라. | (좌기농서금) |
| 園蔬有餘滋⁵⁾하고, | (원소유여자) |
| 舊穀猶儲今이라. | (구곡유저금) |
| 營己⁶⁾良有極⁷⁾이니, | (영기양유극) |

---

1) 主簿(주부) : 벼슬 이름. 옛날에는 관청마다 거의 어디에나 있었으며, 장부를 관리하는 낮은 벼슬이다. 여기의 곽주부가 어떤 사람인지는 알 수 없다. 그러나 시의 내용으로 보아 역시 전원을 즐기며 술을 좋아하여 그런 뜻을 시로 노래하던 사람이었던 듯하다.

2) 藹藹(애애) : 성다(盛多)한 모양, 초목이 우거진 모양.

3) 凱風(개풍) : 남풍(南風)의 별명.

4) 回颷(회표) : 회오리바람.

5) 餘滋(여자) : 매우 잘 자라다, 여유있게 불어나다.

6) 營己(영기) : 자기 생활을 영위하는 것.

7) 有極(유극) : 한계가 있다, 한도가 있다.

過足非所欽8)이라.　　　(과족비소흠)

春9)秫作美酒하여,　　　(용출작미주)

酒熟吾自斟10)이라.　　　(주숙오자짐)

弱子戲我側하니,　　　(약자희아측)

學語未成音이라.　　　(학어미성음)

此事眞復樂하니,　　　(차사진부락)

聊用忘華簪11)이라.　　　(요용망화잠)

遙遙望白雲하니,　　　(요요망백운)

懷古一何深?고　　　(회고일하심)


和澤12)周三春이오,　　　(화택주삼춘)

淸凉素秋節13)이라.　　　(청량소추절)

露凝無游氛14)하고,　　　(노응무유분)

天高肅景15)澈이라.　　　(천고숙경철)

陵岑聳逸峯하며,　　　(능잠용일봉)

---

8) 欽(흠) : 공경하다, 좋아하다, 바라다.

9) 舂(용) : 절구질하다, 찧다.　秫(출) : 차조.

10) 斟(짐) : 술을 따르다, 술을 따라 마시다.

11) 華簪(화잠) : 벼슬아치의 차림새, 벼슬살이.

12) 和澤(화택) : 날씨의 온화함과 햇빛의 광택.　周(주) : 두루 같다, 거의 같다.

13) 素秋節(소추절) : 가을철.

14) 氛(분) : 기운, 여기서는 공중에 떠다니는 먼지 같은 것.

15) 肅景(숙경) : 깨끗한 경치.

遙瞻皆奇絕이라.　　　（요첨개기절）

芳菊開林耀하고,　　　（방국개림요）

青松冠巖列이라.　　　（청송관암열）

懷此貞秀姿하니,　　　（회차정수자）

卓16)爲霜下傑이라.　　（탁위상하걸）

銜觴念幽人하니,　　　（함상염유인）

千載撫爾訣17)이라.　　（천재무이결）

檢素18)不獲展하고,　　（검소불획전）

厭厭19)竟良月이라.　　（염염경양월）

---

16) 卓(탁) : 우뚝한 것.

17) 爾訣(이결) : 그분의 법도, 그러한 방법.

18) 檢素(검소) : 평소 마음에 챙기다, 소박함을 챙기다.

19) 厭厭(염염) : 어정어정, 생각없이 지내는 모양.

## 30. 술을 끊다(止酒)


거처는 성읍에 머물러 사는 것 그만두고
왔다갔다 거닐면서 한가히 지내네.
앉는 곳은 겨우 높은 그늘 아래뿐이고,
걷는 것은 겨우 사립문 안에서이네.
좋아하는 맛은 겨우 남새밭 아욱뿐이고,
큰 기쁨은 겨우 어린 자식들뿐이네.
평생 술을 끊지 않고 있으니
술을 끊으면 기쁨의 정이란 없기 때문일세.
저녁에 끊으면 편히 자지를 못하고
아침에 끊으면 일어나지를 못한다네.
오랫동안 매일 끊으려 했지만
생활 기능 멈추어져 제대로 움직여지지 않네.
부질없이 끊는 게 즐겁지 않다는 것만 알고
끊는 것이 자기에게 이롭다는 것은 믿지 않았네.
비로소 끊는 것이 좋다는 것을 깨닫고서
오늘 아침에야 정말로 끊었네.
이로부터 한 번 끊었으니
죽을 때까지 끊어보리라.
맑은 얼굴은 전의 모습 지니게 될 것이니
어찌 천만년에 그치겠는가?

## 止酒<sup>1)</sup>(지주)

居止次<sup>2)</sup>城邑하고,　　(거지차성읍)

逍遙<sup>3)</sup>自閒止라.　　(소요자한지)

坐止高蔭下하고,　　(좌지고음하)

步止蓽門<sup>4)</sup>裏라.　　(보지필문리)

好味止園葵<sup>5)</sup>요,　　(호미지원규)

大懽止稚子라.　　(대환지치자)

平生不止酒니,　　(평생부지주)

止酒情無喜라.　　(지주정무희)

暮止不安寢이요,　　(모지불안침)

晨止不能起라.　　(신지불능기)

---

1) 止酒(지주) : 술을 끊다. 도연명은 실제로 평생 동안 술을 끊지 않았다
　그토록 술을 좋아하면서도 술을 끊어야겠다는 생각은 여러 번 해본 듯
　하다. 술을 마시는 행위 자체가 창조적인 것은 되지 못하고, 또 과음하
　다 보면 그것이 몸에는 해롭지 않은가 의구심도 갖게 되었던 듯하다
　어떻든 이 시를 통하여 시인의 인간적인 한 단면을 보게 된다.

2) 次(차) : 머무는 것.

3) 逍遙(소요) : 왔다갔다 산책하는 것.

4) 蓽門(필문) : 싸리문.

5) 園葵(원규) : 남새밭의 아욱.

日日欲止之나,　　　（일일욕지지）

營衛6)止不理라.　　　（영위지불리）

徒知止不樂하고,　　（도지지불락）

未知止利己라.　　　（미지지이기）

始覺止爲善하고,　　（시각지위선）

今朝眞止矣라.　　　（금조진지의）

從此一止去하여,　　（종차일지거）

將止扶桑7)涘리라.　　（장지부상사）

淸顔止宿容8)이리니,　（청안지숙용）

奚止千萬祀9)리오?　　（해지천만사）

---

6) 營衛(영위) : 생활 기능.

7) 扶桑(부상) : 해 돋는 곳에 있다는 나무 이름. 그 옆에 해가 매일 목욕한다는 양곡(暘谷)이 있다(《山海經》海外東經).　涘(사) : 물가. '부상의 물가'란 환상적인 먼 곳으로, 자신이 죽어 갈 곳을 가리킨다.

8) 宿容(숙용) : 전의 모습, 옛날의 얼굴.

9) 千萬祀(천만사) : 천만년.

# 31. 잡시(雜詩) 〈1〉

인생은 뿌리도 꼭지도 없어,
길 위에 먼지처럼 날아다니는 것.
흩어져 바람따라 굴러다니니,
이것은 이미 무상(無常)한 몸이라.
땅 위에 태어나면 모두가 형제이니,
어찌 반드시 골육(骨肉)만을 따지랴?
기쁜 일이 생기면 마땅히 즐겨야만 하는 것이니,
한 말의 술이라도 받아놓고 이웃을 모은다.
한창 때는 다시 오지 않고,
하루에 새벽이 두 번 있기는 어려운 것.
때를 놓치지 말고 마땅히 힘써야만 하는 것이니,
세월은 사람을 기다려 주지 않는다.

[해설]

　이 시 가운데에서도 끝의 4구는 특히 격언으로서도 널리 알려졌다.
이것은 연명이 무상한 인생에 대한 감개를 통하여 얻어진 처세훈이다.
'때를 놓치지 말고 힘써라, 세월은 사람을 기다려 주지 않는다.' 그리고
세상을 살아가는 데 있어서 너무 이해관계에만 얽매어 아귀다툼을 할
필요가 없다. 자기의 몸가짐만 바르면 온 세상 사람들과 모두 형제처럼
지낼 수 있다는 것이다. 그러니 될수록 여럿이 즐기며 귀중한 시간을
뜻있게 보내라는 것이다.

# 雜詩(잡시)1) 〈其一〉

人生無根蔕2)하여,　（인생무근체）

飄如陌上塵3)이라.　（표여맥상진）

分散逐風轉4)하니,　（분산축풍전）

此已非常身5)이라.　（차이비상신）

落地6)爲兄弟니,　　（낙지위형제）

何必骨肉親7)고?　　（하필골육친）

得歡當作樂이니,　（득환당작락）

---

1) 雜詩(잡시) : 도연명의 〈잡시(雜詩)〉 12수(首) 가운데의 제1수.

2) 根(근) : 뿌리.　蔕(체) : 꼭지. 근체(根蔕)가 없다는 것은 일정하게 믿고 있을 만한 근거가 없다는 뜻. 사람이란 내일 어찌될런지 모르는 것이다.

3) 飄(표) : 바람에 날리는 것.　陌(맥) : 가로(街路)의 뜻.

4) 逐風轉(축풍전) : 바람이 부는 데 따라 굴러다닌다는 뜻.

5) 非常身(비상신) : 인생은 무상(無常)하다는 뜻.

6) 落地(낙지) : 땅 위에 태어나는 것. 세상에 인간으로 태어나는 것.

7) 骨肉親(골육친) : 혈통(血統)이 같은 친척만을 찾는 것. 같은 혈육을 타고나야만 형제로 아는 것. 《논어(論語)》 안연(顔淵)편에 '자하(子夏)가 말하기를 "군자(君子)가 공경하고 실례됨이 없으며, 사람으로서 공손하고 예(禮)가 있으면 사해(四海) 안 사람들이 모두 형제가 된다. 군자가 어찌 형제 없음을 걱정하랴!"하였다.'라고 하였다.

斗酒聚比鄰[8]이라.　　（두주취비린）

盛年[9]不重來요,　　（성년부중래）

一日難再晨[10]이라.　　（일일난재신）

及時當勉勵[11]어다,　　（급시당면려）

歲月不待人이라.　　（세월부대인）

---

8) 斗酒(두주) : 한 말의 술.　聚(취) : 모이는 것.　比鄰(비린) : 이웃 사
람들. 옛날엔 오가(五家)를 비(比)라 하였다.

9) 盛年(성년) : 나이가 한창인 때. 청장년(青壯年).

10) 難再晨(난재신) : 새벽이 두 번 있기는 어렵다. 하루는 한 번 지나가
면 그만이라는 뜻.

11) 勉勵(면려) : 뜻있는 놀이에 힘쓰는 것. 뜻있게 시간을 보내도록 힘
쓰는 것.

## 32. 잡시(雜詩) 〈2〉


밝은 해 서쪽 언덕에 가라앉고
흰 달이 동쪽 산등성이에 떠올랐네.
아득히 멀리 만리까지 비추어
한없이 넓은 공중 경치 이루네.
바람 불어와 방문으로 들어오니
밤중의 베개와 잠자리 싸늘해지네.
기후가 변하니 철이 바뀐 것 깨닫게 되고
잠 못 이루니 밤이 긴 것을 알게 되네.
말을 하고자 해도 나와 어울릴 사람이 없어
잔을 비우고는 외로운 그림자에 권하네.
해와 달은 사람을 버리고 가버리는데,
뜻을 품고서도 내닫지를 못했네.
이를 생각하니 슬프고 처참한 마음 들어
새벽이 되도록 진정하지를 못하네.

## 雜詩1)(잡시) 〈其二〉

| | |
|---|---|
| 白日淪2)西阿하니, | (백일윤서아) |
| 素月出東嶺이라. | (소월출동령) |
| 遙遙萬里輝하여, | (요요만리휘) |
| 蕩蕩3)空中景이라. | (탕탕공중경) |
| 風來入房戶하니, | (풍래입방호) |
| 夜中枕席冷이라. | (야중침석랭) |
| 氣變悟時易하고, | (기변오시역) |
| 不眠知夕永이라. | (불면지석영) |
| 欲言無予和4)하여, | (욕언무여화) |
| 揮杯勸孤影이라. | (휘배권고영) |
| 日月擲5)人去로되, | (일월척인거) |
| 有志不獲騁6)이라. | (유지불획빙) |
| 念此懷悲悽하니, | (염차회비처) |
| 終曉不能靜이라. | (종효불능정) |

---

1) 雜詩(잡시) : 12수 가운데 두 번째 시이다.
2) 淪(륜) : 잠기다, 가라앉다.
3) 蕩蕩(탕탕) : 한없이 넓은 모양.
4) 予和(여화) : 나와 어울리다, 내게 말하다.
5) 擲(척) : 내던지다, 버리다.
6) 騁(빙) : 달리다, 뜻을 추구함을 말한다.

## 33. 잡시(雜詩) 〈3〉


영화는 오래 머물기 어렵고
성쇠는 헤아릴 수 없는 거네.
전날에는 한 봄의 연꽃이었는데,
지금은 가을의 연밥송이 되어 있네.
된서리 들풀에 맺혔으나
아직 완전히 마르고 시들지는 않았네.
해와 달은 또 다시 돌아오는데,
나는 가버리면 다시 살아나지 못하네.
지난날들이 그립기만 하니
이를 생각하면 사람의 애간장 끊어지네.

## 雜詩1) (잡시) 〈其三〉

| | |
|---|---|
| 榮華難久居니, | (영화난구거) |
| 盛衰不可量이라. | (성쇠불가량) |
| 昔爲三春蕖2)러니, | (석위삼춘거) |
| 今作秋蓮房3)이라. | (금작추련방) |
| 嚴霜結野草나, | (엄상결야초) |
| 枯悴4)未遽央5)이라. | (고췌미거앙) |
| 日月還復周나, | (일월환복주) |
| 我去不再陽6)이라. | (아거부재양) |
| 眷眷7)往昔時니, | (권권왕석시) |
| 憶此斷人腸이라. | (억차단인장) |

---

1) 雜詩(잡시) : 잡시 12수 가운데의 제3수임.
2) 蕖(거) : 연꽃.
3) 蓮房(연방) : 연실 송이.
4) 枯悴(고췌) : 초목이 말라 시드는 것.
5) 未遽央(미거앙) : 아직도 다하지는 않다, 아직도 다 ……케 되지는
   않다.
6) 陽(양) : 햇빛, 여기서는 살아남을 뜻한다.
7) 眷眷(권권) : 매우 그리워하는 모양.

## 34. 잡시(雜詩) 〈4〉


대장부는 세상에 뜻을 둔다지만
나는 늙는 것 모르기 바라고 있네.
친척들 한곳에 모여있고
자손들 또한 서로 잘 지내며,
술잔과 거문고는 종일 멋대로 벌여놓고
술독 속에는 술이 마르지 않으니,
허리띠 느슨히 하고 즐거움 다하면서
늦게 일어나고 늘 일찍 자네.
세상에서 일하는 사람들과 어찌 같겠는가?
얼음과 숯불 같은 차이가 가슴속에 가득하네.
백년 안에 무덤으로 돌아갈건데
그렇게 함으로써 공연히 이름이나 들먹이게 하다니!


[해설]
〈잡시〉 12수 중의 제4수. 세상의 명리를 쫓지 않고, 가족들과 전원
속에서 술이나 즐기면서 자연스럽게 살아가려는 포부를 노래하고 있다.

## 雜詩(잡시) 〈其四〉

| | |
|---|---|
| 丈夫志四海로되, | (장부지사해) |
| 我願不知老라. | (아원부지로) |
| 親戚共一處하고, | (친척공일처) |
| 子孫還相保1)라. | (자손환상보) |
| 觴絃肆朝日1)하고, | (상현사조일) |
| 罇中酒不燥라. | (준중주부조) |
| 緩帶盡歡娛하니, | (완대진환오) |
| 起晚眠常早라. | (기만면상조) |
| 孰若當世士리오? | (숙약당세사) |
| 冰炭2)滿懷抱라. | (빙탄만회포) |
| 百年歸丘壟3)이어늘, | (백년귀구롱) |
| 用此4)空名道라. | (용차공명도) |

---

1) 相保(상보) : 서로 어울려 잘 지내는 것.
1) 肆朝日(사조일) : 하루 종일 멋대로 벌여놓고 있는 것.
2) 冰炭(빙탄) : 얼음과 숯불. 세상에서 벼슬하는 사람들과 자신의 생각
   이며 생활이 전혀 서로 다른 것을 뜻한다.
3) 丘壟(구롱) : 언덕, 무덤.
4) 用此(용차) : 이차(以此), 그렇게 함으로써.

## 35.  잡시(雜詩) 〈8〉


벼슬살이는 본시부터 바라는 일 아니니,
하는 일은 밭갈고 뽕나무 가꾸는 일이네.
몸소 하는 일 그만둔 적 없으나
헐벗고 굶주리며 늘 겨와 술지게미 먹으니,
어찌 지나치게 배차는 것 바라겠는가?
다만 곡식으로 배부르기 바랄 뿐이네.
겨울 견디는 데에는 거친 포대기면 되고
거친 갈포로 여름해 가리면 되는데,
바로 그것도 하지 못하니
슬프고도 가슴 아프네.
남들은 모두 제대로 잘 지내는데
졸렬한 삶은 좋은 방법을 잃고 있네.
이치가 그런 것을 어이할 것인가?
잠시 한잔 술로 즐겨보세.


〔해설〕

가난 속에서도 자신의 깨끗한 자세를 지키며 전원의 생활과 술을 즐기고 있다. 이런 깨끗한 인물이 그토록 가난해야만 하는가 안타까움이 느껴질 정도이다. 〈잡시〉 12수 중의 제8수이다.

## 雜詩(잡시) 〈其八〉

代耕<sup>1)</sup>本非望이니,　　(대경본비망)

所業在田桑이라.　　(소업재전상)

躬親未曾替<sup>2)</sup>나,　　(궁친미증체)

寒餒常糟糠<sup>3)</sup>이라.　　(한뇌상조강)

豈期過滿腹?이리오.　　(기기과만복)

但願飽粳糧<sup>4)</sup>이라.　　(단원포갱량)

御冬足大布<sup>5)</sup>요,　　(어동족대포)

麤絺<sup>6)</sup>以應陽<sup>7)</sup>이라.　　(추치이응양)

正爾<sup>8)</sup>不能得하니,　　(정이불능득)

哀哉亦可傷이라.　　(애재역가상)

人皆盡獲宜로되,　　(인개진획의)

---

1) 代耕(대경) : 밭 경작을 대신하는 것. 벼슬살이를 가리킴.

2) 替(체) : 일을 그만두는 것.

3) 糟糠(조강) : 술지게미와 겨, 술지게미와 겨를 먹고 사는 것.

4) 粳糧(갱량) : 곡식.

5) 大布(대포) : 거친 포대기.

6) 麤絺(추치) : 거친 갈포

7) 應陽(응양) : 햇빛에 대응하다, 여름 햇빛을 가리는 것.

8) 正爾(정이) : 바로 그러한 것.

拙生失其方이라.　　(졸생실기방)

理也可奈何?오　　　(이야가내하)

且爲陶[9]一觴이라.　　(차위도일상)

---

9) 陶(요) : 즐기다.

제 3 부
# 가난과 시인

# 36. 육체·그림자·정신의 문답(形影神)

서(序) : 귀한 자와 천한 자, 현명한 자와 어리석은 자 모두가 아귀다툼하면서 삶을 아끼고 있는데, 이것은 매우 미혹(迷惑)된 짓이다. 그러므로 육체[形]와 그림자[影]의 괴로움을 극진히 진술하고, 정신[神]의 자연에 대한 이해를 논함으로써 그것을 풀어주고자 하는 것이다. 여기에 흥미를 지닌 군자들은 다같이 그러한 마음을 알아줄 것이다.

## 육체가 그림자에게(形贈影)

천지(天地)는 오래도록 존속하고
산천(山川)은 바뀌어지는 일 없다.
초목(草木)은 변함없는 섭리(攝理)를 얻어
서리 이슬이 이것들을 꽃피우고 시들게 한다.
사람은 가장 신령스럽고 지혜롭다 하면서도
그들만이 이것들만 못하다.
한동안 세상에 살아있는 듯하다가도
어느덧 속절없이 사라져 간다.
어이 깨달으리, 한 사람쯤 없어지는 것을!
친척이나 친구들도 어찌 오래 두고 그를 생각하리!
다만 평생에 쓰던 물건만 남길 따름이니

이를 볼 때 심정만 처절해진다.
우리에게 신선술(神仙術) 없으니
반드시 그렇게 될 것은 의심할 여지 없다.
바라건대 그대는 내 말 명심하고
술이 생기거든 구차히 사양하는 일 없도록 하게나.


## 그림자가 육체에게(影答形)

삶이 있게 된 데 대하여는 말할 수도 없고,
삶을 지키는 일조차도 언제나 서툴러서 괴롭다.
진실로 곤륜산(崑崙山) 화산(華山) 같은 선경(仙境)에 노닐고 싶
　　지마는
까마득히 그곳으로 가는 길은 끊겨 있다.
그대와 만나 함께 해 온 이래로
슬픔과 기쁨을 달리해 본 일 없다.
응달에 쉴 적에는 잠시 떨어진 듯하다가
햇볕에만 나서면 끝내 서로 떨어지지 않는다.
이러한 공존(共存)도 영원하기 어려운 것이니
컴컴한 속으로 때가 오면 함께 없어져 버릴 것이다.
몸이 죽으면 이름조차도 없어지는 것,
이를 생각하면 가슴속이 뜨거워진다.
선(善)을 행하면 그 은택이 후세까지 남는다는데
어찌하여 스스로 힘을 다하지 않는가?
술은 근심을 없애 준다고 하니
이에 비기면 얼마나 졸렬(拙劣)한 것인가!

## 정신의 풀이(神釋)

자연의 조화(造化)는 힘을 사사로이 쓰는 일 없고,
만 가지 이치는 수없이 엄연히 드러나 있다.
사람이 천(天)·인(人)·지(地)의 삼재(三才) 가운데 끼는 것은
어찌 내가 있기 때문이 아니겠는가?
그대들과 비록 다른 물건이라고는 하지만
나면서부터 서로 붙어 의지하여 왔다.
서로 결탁하여 공존(共存)을 기뻐하여 왔으니
어찌 얘기해 주지 않을 수 있겠는가?
삼황(三皇)은 위대한 성인(聖人)이시지만
지금 어느 곳에 살아 있는가?
팽조(彭祖)는 오래도록 살기를 좋아하였지만,
영원히 살지 못하고 죽어 버렸다.
늙은이나 젊은이나 다같이 죽을 것이니
현명하고 어리석음을 더 따질 게 없게 된다.
매일같이 술에 취해 있으면 이런 것을 잊게 될런지 모르지만
그러나 그것은 목숨을 재촉하는 짓이 아닐까?
선(善)을 행하는 것도 언제나 기뻐할 일이기는 하지만
누가 그대를 위하여 기려 준단 말인가?
골똘히 생각하는 것은 우리 삶을 해치는 짓이니
운명에 맡기어 되는대로 살아감이 옳을 것이다.
세상의 위대한 변화 속에 물결치는 대로 따르면서
기뻐하지도 않고 두려워하지도 않는 것이다.
응당히 다할 목숨이라면 그대로 다하게 둠으로써

홀로 많은 걱정 다시 하지 말게나.

[해설]

 여기의 육체[形]와 그림자[影]와 정신[神]은 도연명 자신의 분신(分身)이다. 그가 이 세 가지 자신의 분신들의 대화를 통하여 그의 인생철학을 읊고 있는 것은 매우 재미있는 발상(發想)이라 생각된다. 이들 세 분신의 주장은 각기 서로 다르지마는 실제로 그것들은 각각 도연명의 인생철학의 한 단면(斷面)을 대표하고 있다. 육체[形]가 "술이 생기거든 구차히 사양하는 일 없도록 하라"고 주장하는 것은 거의 모든 시에서 술을 노래하는 도연명의 철학인 것이다. 그는 술을 빌어 육체의 괴로움을 초극(超克)하고 자연에 조화(調和)되는 자기의 경지를 추구하려 했던 것이다.

 그림자[影]는 "선(善)을 행하면 그 은택이 후세에까지 남는다는데, 어찌하여 스스로 힘을 다하지 않는가?"고 주장하는 것은 젊은 날의 유학(儒學)적인 교육을 바탕으로 한 도연명의 적극적인 면을 대표하는 것이다. 그도 인류와 사회를 위하여 유위(有爲)한 인간이 되어 보려는 포부를 지녔던 사람이었다. 그러나 그가 살고 있던 사회의 조건은 뜻과 같지 않아서 정신[神]은 "한편 응당히 다할 목숨이라면 곧 다하게 둠으로써, 홀로 많은 걱정 다시 하지 말라"고 안명낙도(安命樂道)하는 입장에서 육체와 그림자에게 충고하고 있는 것이다. 다른 시를 통해서 보더라도 도연명은 자신이 언제나 이 세 가지 다른 입장에서 정신적인 교전(交戰)을 해왔던 것 같다.

 《장자(莊子)》나 《열자(列子)》 같은 도가(道家)의 글을 보면 일찍부터 육체와 그림자[形影]를 대비시키고 있다. 그러나 여기에 정신[神]을 더 보탠 것은 당시의 승려인 혜원(慧遠, 334~416년?)의 〈불영명(佛影銘)〉의 영향을 받은 듯하다. 혜원은 그 당시 대단한 존경을 받던 고승

(高僧)으로, 도잠의 거처에 가까운 여산(廬山)의 동림사(東林寺)에 머물면서 백련사(白蓮寺)라는 승려 단체를 결성하고 있었다.

　도연명도 그 단체에 입사(入社)를 요청받았었다는 전설이 있으니, 도연명이 혜원의 영향을 받았을 가능성은 크다. 더욱이 혜원은 〈불영명〉을 지어, 육체와 그림자·정신의 관계를 분명히 하고는, 자기 제자를 당시 명성을 떨치기 시작하던 젊은 시인 사령운(謝靈運)에게 보내어 그에게 명문(銘文)을 짓도록 부탁까지 했다 한다.

　이 도연명의 세 수의 시는 제각기 논거(論據)가 다르지만, 공통점으로는 신선(神仙)을 반대하고 자연(自然)을 주장하고 있다는 것이다. 그리고 이 세 가지 중에서 그는 정신[神]을 가장 높은 차원의 것으로 보고 있기는 하지만, 혜원이 정신의 불멸론(不滅論)을 근거로 인과응보(因果應報)의 존재를 인정하려던 태도에는 반대하고 있다. 그는 진보적인 유가(儒家) 입장에서 당시의 도교와 불교 사상을 모두 반대하고 있는 것이다. 그리고 그의 문집(文集)을 보면 오언시(五言詩)의 첫머리에 이 시를 싣고 있으니, 옛사람들도 이 시를 매우 중요시 하였음을 알겠다.

# 形影神 (형영신)

## 序

貴賤賢愚이, 莫不營營以惜生이나, 斯甚惑焉이라. 故로 極陳形影之苦하고, 言神辨自然以釋之하니. 好事君子는, 共取其心焉하리라.

(귀천현우, 막불영영이석생, 사심혹언. 고극진형영지고, 언신변자연이석지. 호사군자, 공취기심언.)

## 形贈影 (형증영)

| | |
|---|---|
| 天地長不沒[1]하고, | (천지장불몰) |
| 山川無改時라. | (산천무개시) |
| 草木得常理[2]하여, | (초목득상리) |
| 霜露榮悴[3]之라. | (상로영췌지) |
| 謂人有靈智나, | (위인유령지) |
| 獨復不如茲라. | (독부불여자) |
| 適[4]見在世中이러니, | (적견재세중) |

---

1) 不沒(불몰) : 없어지지 않다. 존속(存續)하다.
2) 常理(상리) : 일정한 원리, 영원히 변치 않는 자연의 섭리(攝理).
3) 榮悴(영췌) : 꽃을 피우고 시들게 하는 것.
4) 適(적) : 마침, 잠깐 동안.

俺5)去靡歸期6)라.　　　(엄거미귀기)

奚覺無一人?고　　　　(해각무일인)

親識7)豈相思?리오　　(친식기상사)

但餘平生物이니,　　　(단여평생물)

擧目情凄洏8)라.　　　(거목정처이)

我無騰化術9)하니,　　(아무등화술)

必爾10)不復疑라.　　　(필이불부의)

願君取吾言하여,　　　(원군취오언)

得酒莫苟辭하라.　　　(득주막구사)


## 影答形(영답형)

存生11)不可言하고,　　(존생불가언)

衛生每苦拙12)이라.　　(위생매고졸)

誠願遊崑華13)로되,　　(성원유곤화)

---

5) 俺(엄) : 문득, 어느덧.

6) 靡歸期(미귀기) : 죽을 일정한 시기가 없다. 곧 아무 때나 죽게 되는 것.

7) 親識(친식) : 친척과 친구들.

8) 凄洏(처이) : 처절하다, 슬퍼지다. '洏'를 눈물이 흐르는 모양으로 풀어도 좋다(李公煥 注).

9) 騰化術(등화술) : 하늘을 날아다니는 재주, 곧 신선(神仙)이 되는 재주. 신선은 늙지도 않고 죽지도 않는다고 생각했었다.

10) 必爾(필이) : 필연(必然), 반드시 그렇게 되는 것.

11) 存生(존생) : 삶을 존재케 하는 것. 생명의 존재 근거.

12) 拙(졸) : 졸렬하다, 서투르다.

邈然14)茲道絶이라.　　　(막연자도절)

與子相遇來하여,　　　(여자상우래)

未嘗異悲悅하고,　　　(미상이비열)

憩蔭15)若暫乖16)라가,　(게음약잠괴)

止日17)終不別이라.　　(지일종부별)

此同18)旣難常이니,　　(차동기난상)

黯爾19)俱時滅이라.　　(암이구시멸)

身沒名亦盡이니,　　　(신몰명역진)

念之五情20)熱이라.　　(염지오정열)

立善21)有遺愛22)리니,　(입선유유애)

胡爲不自竭?23)고　　　(호위부자갈)

---

13) 崑華(곤화) : 곤륜산(崑崙山)과 화산(華山). 모두 신선이 살고 있다는 전설이 있는 산으로서, 그곳에 노닌다는 것은 신선이 됨을 뜻한다.

14) 邈然(막연) : 멀고 아득한 모양, 까마득한 것.

15) 憩蔭(게음) : 응달에서 쉬는 것.

16) 乖(괴) : 서로 어긋나다, 서로 떨어지다.

17) 止日(지일) : 햇볕에 나가 있는 것.

18) 此同(차동) : 이렇게 함께하는 것. 이와 같이 공존(共存)하는 것.

19) 黯爾(암이) : 캄캄한 모양. 어두운 모양.

20) 五情(오정) : 기쁨[喜]·노여움[怒]·슬픔[哀]·즐거움[樂]·원망[怨]의 다섯 가지 감정. 여기서는 이 다섯 가지 감정이 담겨 있는 '가슴속'을 뜻함.

21) 立善(입선) : 선(善)을 행하는 것.

22) 遺愛(유애) : 후세에까지 끼쳐지는 은택.

23) 自竭(자갈) : 자기의 힘을 다하는 것.

酒云能消憂나.　　　　(주운능소우)

方24)此詎25)不劣?고　　(방차거불열)

神釋(신석)

大鈞26)無私力하고.　　(대균무사력)

萬里自森著27)라.　　　(만리자삼저)

人爲三才28)中이.　　　(인위삼재중)

豈不以我故?아　　　　(기불이아고)

與君雖異物이나.　　　(여군수이물)

生而相依附라.　　　　(생이상의부)

結託旣喜同29)이어늘.　(결탁기희동)

安得不相語?리오　　　(안득불상어)

三皇30)大聖人이나.　　(삼황대성인)

---

24) 方(방) : 비기다, 견주다.

25) 詎(거) : 어찌.

26) 大鈞(대균) : 균(鈞)은 질그릇을 만들 때 쓰는 녹로(轆轤). 녹로가 빙글빙글 돌면서 그릇을 만드는 데서, 자연의 조화(造化)에 비유한 말. 따라서 위대한 조화를 뜻한다.

27) 森著(삼저) : 삼(森)은 수많으면서도 엄연한 모양. 따라서 '수많은 것들이 엄연히 드러나 있는 것'.

28) 三才(삼재) : 세계를 구성하는 하늘[天]·땅[地]·사람[人]의 가장 중요한 세 가지(《易經》 繫辭傳).

29) 喜同(희동) : 공존(共存)함을 기뻐하다. 일체(一體)임을 기뻐하다.

30) 三皇(삼황) : 중국 상고 시대의 황제로서, 복희(伏羲)·신농(神農)· 황제(黃帝)의 세 사람.

今復在何處?오　　　　（금부재하처）

彭祖31)愛永年32)이나,　（팽조애영년）

欲留不得住라.　　　　（욕류부득주）

老少同一死니,　　　　（노소동일사）

賢愚無復數33)라.　　　（현우무부수）

日醉或能忘이나,　　　（일취혹능망）

將非促齡具?34)아　　　（장비촉령구）

立善常所欣이나,　　　（입선상소흔）

誰當爲汝譽?오　　　　（수당위여예）

甚念傷吾生이니,　　　（심념상오생）

正宜委運去35)라.　　　（정의위운거）

從浪36)大化37)中하며,　（종랑대화중）

不喜亦不懼라.　　　　（불희역불구）

應盡便須盡이니,　　　（응진변수진）

無復獨多慮라.　　　　（무부독다려）

---

31) 彭祖(팽조) : 요(堯)임금 때부터 하(夏)·은(殷)·주(周)의 3대(三代)에 걸쳐 8백 살이나 살았다는 전설적인 인물.

32) 永年(영년) : 죽지 않고 오래도록 사는 것.

33) 數(수) : 셈하다, 따지다.

34) 促齡具(촉령구) : 목숨을 재촉하는 물건.

35) 委運去(위운거) : 운명에 맡기어 살아가다. 되는대로 자연스럽게 살아가다.

36) 從浪(종랑) : 물결치는 대로 몸을 내맡기는 것. 물결치는 대로 따라가는 것.

37) 大化(대화) : 위대한 변화, 자연의 변화.

# 37. 걸식(乞食)

굶주림이 나를 내몰았지만
어디로 가야 할지 알 수가 없구나.
가다 가다 이 마을에 이르러
한 집 문을 두드리는데 말솜씨 어색하네.
주인은 내 뜻 알아듣고
음식 내주니 어찌 헛걸음이라 하겠는가?
얘기하다 뜻 맞아 저녁때를 넘기고
술 따라 주는 대로 잔 기울이네.
마음에 새 지기(知己) 얻은 기쁨 넘쳐,
이를 마침내 시로 읊게 되었네.
빨래하던 아낙이 한신(韓信)에게 밥 먹여 준 것 같은 당신 은혜에
감동했지만,
내 자신은 한신 같은 은혜 갚을 재주 없는 게 부끄럽네.
후의(厚意)는 가슴속에 접어두었지만 어떻게 보답해야 할런지?
저승에 가서라도 잊지 않고 갚으리!

[해설]

도연명은 〈걸식〉이라는 시를 지을 만큼 가난했다. 송(宋)나라 소식
(蘇軾) 같은 이는 이 시를 읽고 도연명의 굶주렸던 처경(處境)을 몹시
슬퍼하였다. 그러나 많은 학자들이 이 시는 도연명의 해학(諧謔)이라

보고 있다. 그러나 아무리 해학이라 하더라도 도연명 자신이 헐벗고 굶주렸던 경험을 토대로 지은 시임에는 틀림없다 할 것이다.

그가 팽택령(彭澤令)이란 벼슬을 하기 전에는 집안의 "병 안에도 곡식이 없었다(瓶無儲粟)"고 스스로 말하고 있고(〈歸去來辭〉 序文), 벼슬을 내던지고 전원으로 돌아와서는 시와 술로 나날을 보냈으니 처자들과 함께 걸식을 해야 할 지경의 가난한 상태에까지 몰린 일도 있음직하다. 그는 헐벗고 굶주린 끝에 자기가 걸식하는 모양을 그려 보며 이와 같은 해학적인 시를 썼던 것 같다.

# 乞食(걸식)

飢來驅我去나,　　　　(기래구아거)

不知竟何之로다.　　　(부지경하지)

行行至斯里로되,　　　(행행지사리)

叩門拙言辭로다.　　　(고문졸언사)

主人解余意하여,　　　(주인해여의)

遺贈1)豈虛來?아　　　(유증기허래)

談諧2)終日夕3)하고,　(담해종일석)

觴4)至輒5)傾杯라.　　(상지첩경배)

情欣新知歡하여,　　　(정흔신지환)

言詠6)遂賦詩라.　　　(언영수부시)

感子漂母7)惠나,　　　(감자표모혜)

---

1) 遺贈(유증) : 선물하다, 여기서는 먹을 것을 내주는 것.

2) 談諧(담해) : 얘기하다 뜻이 서로 잘 맞는 것.

3) 終日夕(종일석) : 해가 져 저녁 무렵이 되다, 저녁 때를 넘기다.

4) 觴(상) : 술그릇 이름. 여기에서는 술을 대접함을 뜻한다.

5) 輒(첩) : 문득, 번번이.

6) 言詠(언영) : 자기 감정을 읊어내는 것.

7) 漂母(표모) : 솜을 물에 빠는 아낙. 옛날 한신(韓信)이 한(漢)나라 장
군이 되기 전에 성 밑에서 낚시질을 하고 있었는데, 풀솜을 빨러 나
온 아낙 중의 한 사람이 그의 굶주린 기색을 보고 10여일이나 밥을

愧我非韓才[8]라.　　（괴아비한재）

銜戢[9]知何謝?오　　（함즙지하사）

冥報[10]以相貽[11]라.　（명보이상이）

_____

먹여 주었다. 뒤에 한신이 고조(高祖)를 섬기어 초왕(楚王)이 된 다음, 천금(千金)으로 옛날 밥을 먹여 주었던 아낙네의 은혜에 보답하였다 한다(《史記》淮陰侯列傳).

8) 韓才(한재) : 한신(韓信)처럼 출세할 만한 재주.

9) 銜戢(함즙) : 가슴속에 거두어 두는 것, 꼭 새겨두는 것.

10) 冥報(명보) : 죽어 저승에 가서 은혜에 보답하는 것.

11) 相貽(상이) : 선물을 보내주는 것. 보답을 하는 것.

## 38. 자식을 책함(責子)

양편 귀밑머리가 백발로 화하니,
살갗도 이제는 팽팽치 않네.
비록 다섯 아들이 있기는 하나,
모두 종이나 붓은 좋아하지 않네.
서(舒)는 이미 열여섯 살인데도
게으르기 다시 짝이 없고,
선(宣)은 열다섯이 되어가는데
공부하기를 좋아하지 않고,
옹(雍)과 단(端)은 함께 열세살인데
여섯과 일곱도 분간 못하고,
통(通)이란 놈은 아홉 살이 다 되었는데도
배와 밤만 찾고 있네.
하늘의 운수가 진실로 이러하니,
또한 술잔이나 기울일 수밖에.

〔해설〕
자기 자식의 못났음을 책하는 시이다. 천재적(天才的)인 시인 도연명
도 게으르고 우둔(愚鈍)한 자기 자식은 어쩌는 수가 없었던 모양이다.
사람이 늙으면 의지할 곳이란 자식뿐인데, 자식들이 이처럼 못났으니
한심스럽기 짝이 없다. 이것도 운수(運數)인 모양이라고 체념하며 도연
명은 술잔을 들어 밀려오는 번민을 씻는다.

# 責子(책자)1)

白髮被兩鬢2)하니,   (백발피량빈)
肌膚不復實3)이라.   (기부불부실)
雖有五男兒4)나,   (수유오남아)
總不好紙筆이라.   (총불호지필)
阿舒已二八5)이나,   (아서이이팔)
懶惰6)故無匹이오.   (나타고무필)
阿宣行志學7)이나,   (아선행지학)

---

1) 責子(책자) : 자식들을 책하는 시.《도정절집(陶靖節集)》권3에 실려
   있다.
2) 鬢(빈) : 머리. 귀밑머리.
3) 肌膚(기부) : 살갗. 피부.  不復實(불부실) : 옛처럼 충실치 않다. 곧
   주름이 져서 옛처럼 팽팽하지 않다는 뜻.
4) 五男兒(오남아) : 도연명에게는 엄(儼)·사(俟)·빈(份)·일(佚)·동
   (佟)의 다섯 아들이 있었는데 유명(幼名)을 서(舒)·선(宣)·옹
   (雍)·단(端)·통(通)이라 각각 불렀다.
5) 阿(아) : 친애(親愛)를 나타내는 뜻으로 붙인 것. 이름 외에도 아모
   (阿母)·아형(阿兄)과 같이도 쓴다.  二八(이팔) : 16세. '십육(十六)'
   으로 된 판본도 있다.
6) 懶惰(나타) : 게으른 것.
7) 行志學(행지학) : 열다섯 살이 되어간다.《논어(論語)》위정(爲政)편

而不愛文術[8]하고.　　(이불애문술)

雍端年十三이나,　　　(옹단년십삼)

不識六與七이오.　　　(불식육여칠)

通子垂[9]九齡이나,　　(통자수구령)

但覓[10]梨與栗이라.　　(단멱이여률)

天運苟[11]如此하니,　　(천운구여차)

且進盃中物[12]하라.　　(차진배중물)

---

에 '나는 열다섯 살에 배움[學]에 뜻[志]을 두었다' 하였다. 이에서
인용 '지학(志學)'을 열다섯 살의 뜻으로 쓰게 된 것이다.

8) 文術(문술) : 학술(學術)·학문(學問)·공부.

9) 垂(수) : '되어간다'는 뜻.

10) 覓(멱) : 찾다. '염(念 : 생각한다)'으로 된 판본도 있다.

11) 苟(구) : 진실로. 구차하다는 뜻으로 보아도 통한다.

12) 盃中物(배중물) : 잔 속의 물건. 곧 술을 가리킨다.

## 39. 영빈사(詠貧士) 〈1〉

만물은 제각기 몸 의탁할 곳 있으나
외로운 구름만은 의지할 곳도 없구나.
아스라이 공중으로 사라져 가니
언제면 햇빛 서린 그 모습 다시 볼 수 있을까?
아침 노을에 밤새 긴 안개 걷히니
새들은 서로 어울리어 날아오르는데,
뒤늦게 숲을 나왔던 한 마리 새는
해도 지기 전에 다시 숲으로 되돌아가네.
자기 능력 헤아리어 본래의 생활 방법 지키는데
어찌 헐벗고 굶주리지 않을 수 있으랴!
나를 이해하는 자 정말로 존재하지 않지만
그뿐이지, 무엇을 또 슬퍼하겠는가!

[해설]
　이 시는 〈영빈사〉 일곱 수 중의 첫째 작품이다. 도연명이 가난하게 살면서, 가난하면서도 깨끗하고 바르게 일생을 보냈던 옛사람들에 대한 흠모(欽慕)의 정을 읊은 시들에 대한 서설(序說)에 해당하는 작품이다. 이 시에 이어 옛사람들의 가난하면서도 깨끗했던 행적을 읊은 시가 6수 더 이어진다. 시 속의 '외로운 구름'이나 외떨어진 한 마리의 '새'는 모두 세속과는 달리 가난하면서도 참되게 살아가는 도연명 자신을 비유한 것일 것이다.

## 詠貧士(영빈사) 〈其一〉

萬族1)各有託이나,　　（만족각유탁）

孤雲獨無依하여,　　　（고운독무의）

曖曖2)空中滅하니,　　（애애공중멸）

何時見餘暉?3)오　　　（하시견여휘）

朝霞開宿霧하니,　　　（조하개숙무）

衆鳥相與飛라.　　　　（중조상여비）

遲遲出林翮4)하여,　　（지지출림핵）

未夕復來歸하니,　　　（미석부래귀）

量力守故轍5)이니,　　（양력수고철）

豈不寒與飢?리오　　　（기불한여기）

知音6)苟不存이나,　　（지음구부존）

---

1) 萬族(만족) : 이 세상의 모든 물건.

2) 曖曖(애애) : 아득하고 희미한 모양〈歸園田居〉에도 보였음).

3) 餘暉(여휘) : 나머지 햇빛. 조각구름에 햇빛이 비치어 구름 가로 햇빛
이 드러나는 것을 표현한 말.

4) 翮(핵) : 새 날갯죽지. 여기서는 새를 대표한다.

5) 故轍(고철) : 철(轍)은 수레바퀴 자국으로, 여기서는 옛부터 지켜온
생활방식을 가리킨다.

6) 知音(지음) : 자기 음악을 이해해 주는 것. 중국의 춘추 시대에 백아
(伯牙)라는 금(琴)의 명수가 있었는데 그의 음악을 잘 이해해 주는

**己矣何所悲?**리오    (이의하소비)

---

종자기(鍾子期)란 친구가 있었다. 종자기가 죽은 뒤에는 백아는 다시는 금을 타지 않았다는 고사에서 나온 말(《淮南子》脩務訓). 여기서는 자기를 잘 이해해 주는 사람을 뜻한다.

## 40. 영빈사(詠貧士) 〈2〉

처량하게 한 해가 저물고 있는데
누더기 두르고 앞뜰에서 햇빛 쬐네.
남쪽 밭에는 남겨진 이삭이란 없고
마른 가지만이 북쪽 뜰에 가득하네.
술병 기울여 보니 나머지 찌꺼기마저도 떨어졌고
아궁이 들여다보니 연기도 보이지 않네.
《시경(詩經)》《서경(書經)》 등이 자리 밖에 꽉 채워져 있는데,
해가 기울어 연구할 겨를이 없네.
한가히 사는 것은 공자가 진(陳)나라에서 곤경에 처했던 일에
비길바 못되거늘
부지중 하는 말에 노여움이 드러나네.
무엇으로 내 마음 위로받을까?
다행히도 옛날에는 이런 현명한 분들이 많았던 것이지.

[해설]
　도연명은 무척 가난한 전원생활 속에서도 초연히 깨끗한 자신의 입장을 지키려는 뜻을 노래하고 있다. 양식도 떨어지고 술도 떨어졌지만 그의 마음은 여전히 안온(安穩)하다.

## 詠貧士(영빈사) 〈其二〉

凄厲1)歲云暮에,　　　　(처려세운모)

擁褐2)曝前軒이라.　　　(옹갈포전헌)

南圃無遺秀3)하고,　　　(남포무유수)

枯條盈北園이라.　　　(고조영북원)

傾壺絶餘瀝4)이오,　　　(경호절여력)

闚竈5)不見煙이라.　　　(규조불견연)

詩書塞座外로되　　　　(시서색좌외)

日昃6)不遑研이라.　　　(일측불황연)

閒居非陳厄7)이나,　　　(한거비진액)

竊有慍見言이라.　　　(절유온현언)

---

1) 凄厲(처려) : 처량한 것.

2) 擁褐(옹갈) : 누더기를 두르다, 누더기를 끌어안다. 갈(褐)은 천한 사람들이 입던 옷이다.

3) 遺秀(유수) : 남겨진 곡식 이삭, 수확하지 않은 곡식 이삭.

4) 餘瀝(여력) : 남은 찌꺼기, 남은 한 방울.

5) 闚竈(규조) : 부엌 아궁이를 들여다보다.

6) 昃(측) : 해가 기우는 것.

7) 陳厄(진액) : 공자(孔子)는 만년에 여러 나라를 주유(周遊)하다가 진(陳)나라와 채(蔡)나라 사이에서 지방 사람들에게 포위를 당하여 심한 곤경에 빠진 일이 있었다.

何以慰吾懷?아          (하이위오회)

賴[8]古多此賢이라.      (뇌고다차현)

---

8) 賴(뢰) : 의지하다, 덕분에.

# 41. 영빈사(詠貧士) 〈3〉


영계기(榮啓期) 노인은 늙어서도 새끼줄로 허리띠 하고
기꺼이 금(琴)을 타고 있었네.
원헌(原憲)은 뒤축 떨어진 신발 신고서
맑은 목청으로 상송(商頌)을 노래하였네.
순임금은 우리보다 오래 전에 사셨지만
가난한 선비는 대대로 찾을 수가 있네.
해진 옷자락은 팔꿈치도 가리지 못하고
명아주국에는 언제나 낟알 보이지 않네.
어찌 가벼운 갖옷 입는 것 좋다는 것을 잊었을까만
구차히 얻는 것은 바라는 일이 아닐세.
자공(子貢)은 공연히 말을 잘했다지만,
내 마음은 알지 못할 사람일세.


[해설]
　도연명이 앞의 시에서 말한 '옛날의 현명한 분들'이란 여기에서 읊고
있는 영계기(榮啓期)와 원헌(原憲) 같은 사람들을 뜻한다. 도연명도 그
들처럼 가난하지만 깨끗하고 즐겁게 살아가려는 것이다.

# 詠貧士(영빈사) 〈其三〉

榮叟<sup>1)</sup>老帶索이나,     (영수노대색)

欣然<sup>2)</sup>方彈琴이라.     (흔연방탄금)

原生<sup>3)</sup>納決履<sup>4)</sup>하고,     (원생납결리)

淸歌暢商音<sup>5)</sup>이라.     (청가창상음)

重華<sup>6)</sup>去我久나,     (중화거아구)

---

1) 榮叟(영수) : 춘추(春秋)시대 사람 영계기(榮啓期). 공자(孔子)가 태산(泰山)에서 그를 만났는데, 사슴 가죽 갖옷에 새끼줄로 허리띠를 대신하고서도 금(琴)을 타며 노래를 하고 있었다 한다(《列子》天瑞).

2) 欣然(흔연) : 기꺼운 모양.

3) 原生(원생) : 공자의 제자 원헌(原憲). 공자의 제자 중에서도 안빈낙도(安貧樂道)한 사람으로 유명하다. 같은 공자의 제자인 자공(子貢)이 수레를 타고 가서 그를 만났는데, 원헌은 '가죽나무 껍질로 만든 관을 쓰고 뒤축이 떨어져 나간 신발을 신고 명아주 지팡이를 짚은 몰골이었다 한다'(《莊子》雜篇 讓王).

4) 決履(결리) : 떨어진 신발. 《장자》에는 '사리(縰履)'로 쓰고 있는데, 뒤축이 떨어져 나간 신발의 뜻이다.

5) 商音(상음) : 같은 《장자》 양왕편에 공자의 제자 증자(曾子)가 굶주리면서 뒤축이 떨어져 나간 신발을 끌면서도 '상송(商頌)을 노래하는데 소리가 천지에 가득 차고 악기에서 나오는 소리 같았다' 하였다. 도연명은 이 시에 원헌과 증자의 고사를 함께 어울려 쓰고 있으니, 이 '상음'은 《시경(詩經)》의 상송을 뜻하는 것으로 보아야 한다.

貧士世相尋이라.　　(빈사세상심)

弊襟不掩肘[7]하고,　　(폐금불엄주)

藜羹常乏斟이라.　　(여갱상핍짐)

豈忘襲輕裘?리오　　(기망습경구)

苟得非所欽[8]이라.　　(구득비소흠)

賜[9]也徒能辯이니,　　(사야도능변)

乃不見吾心이라.　　(내불견오심)

---

6) 重華(중화) : 순(舜)임금의 자(字).

7) 肘(주) : 팔꿈치.

8) 欽(흠) : 공경하다, 흠모하다, 바라다.

9) 賜(사) : 자공(子貢)의 이름. 앞의 주 3)에서 말한 바와 같이 자공은 원헌의 모습을 보고는 "아아, 선생께선 어찌 이런 고생을 하시오?" 하고 물었다. 원헌은 그때 "내가 듣건대 재물이 없는 것은 가난하다 하고, 배우고도 행하지 못하는 것을 고생이라 한다 하였소. 지금 나는 가난한 것이지 고생하는 것이 아니오!"라고 대답하였다 한다.

# 42. 영빈사(詠貧士) 〈6〉


옛 장중울(張仲蔚)은 궁한 삶을 좋아하여
집 둘레에는 쑥대가 무성했다네.
고요히 사람들과 사귐을 끊고 있었지만
시만은 매우 잘 지었다네.
온 세상이 그를 알지 못했지만
오직 유공(劉龔) 한 사람만은 그를 알아주었다네.
이분은 어찌하여 홀로 그렇게 살았는가?
실로 뜻을 같이하는 이가 드물었기 때문일세.
우뚝히 그의 본업(本業)에 만족하니
그의 즐김은 궁하다거나 잘사는 것과는 무관하였네.
내 세상살이 본시 졸렬(拙劣)하기만 하지만
이분이라면 언제까지나 뒤좇아 갈 수 있겠네.


[해설]

　〈영빈사〉시 일곱 수 중의 여섯째 작품으로 후한(後漢)의 장중울(張仲蔚)을 읊은 것이다.

　도연명은 장중울처럼 가난하고 깨끗이 사는 데 뜻을 두고 있었다. 따라서 장중울처럼 자기와 뜻이 맞는 사람들이 이 세상에 많이 있기를 간절히 바랐을 것이다. 끝머리에 장중울과 같은 사람이라면 언제까지나 함께 살고 싶다는 소망을 읊고 있는 것은 그 때문이다.

## 詠貧士(영빈사) 〈其六〉

仲蔚1)愛窮居하여,    (중울애궁거)

繞宅生蒿蓬2)이라.    (요택생호봉)

翳然3)絶交遊나,    (예연절교유)

賦詩頗能工이라.    (부시파능공)

擧世無知者나,    (거세무지자)

止有一劉龔4)이라.    (지유일류공)

此士胡獨然?고    (차사호독연)

實由罕所同5)이라.    (실유한소동)

介焉6)安其業하니,    (개언안기업)

所樂非窮通7)이라.    (소락비궁통)

---

1) 仲蔚(중울) : 후한(後漢) 부풍(扶風) 사람. 성은 장(張)씨. 젊어서부터 벼슬을 하지 않고 숨어 살았으나, 학문이 해박하였고 시부(詩賦)를 잘 했다 한다. 특히 그의 집 주위엔 쑥대[蓬蒿]가 무성하였다 한다.

2) 蒿蓬(호봉) : 쑥대.

3) 翳然(예연) : 가리워져 어둑한 모양. 여기서는 조용히 숨어 사는 모양을 형용한 말.

4) 劉龔(유공) : 장중울과 같은 시대의 정론가(政論家)로서 명망이 높았던 사람.

5) 所同(소동) : 뜻을 같이하는 사람.

6) 介焉(개언) : 홀로 우뚝 서있는 모양. 언(焉)은 연(然)과 같은 조사.

**人事**[8]**固以拙**이나,　 （인사고이졸）

**聊得長相從**이라.　　 （요득장상종）

---

7) 窮通(궁통) : 궁하게 사는 것과 뜻이 통하여 잘사는 것. 가난한 것과
  부한 것.

8) 人事(인사) : 사람들, 또는 사회 속에서 남들과 어울리는 것. 세상살이.

## 43. 깨달음이 있어 지음(有會而作)

**서**(序) : 묵은 곡식은 다 없어지고 새 곡식은 아직 나오지 않았다. 늙은 농부 노릇을 애써 했지만 올해의 재난을 당하고 보니, 앞날은 아직도 멀었는데 근심거리는 끊이지 않고 있다. 가을에 곡식 거둬들일 일도 바랄 수가 없게 되었고, 아침저녁 끼니에도 불을 겨우 피워볼 정도이다. 열흘 전부터 비로소 굶주림과 가난을 생각하게 되었다. 한 해 저물어 가는데 한탄스러운 긴 회포에 잠긴다. 지금 내가 말하지 않으면 후세 사람들이 어찌 이것을 알겠는가?

어린 나이에 집안이 궁핍하더니
늙어서는 더욱 오래 굶주리고 있네.
콩과 보리도 실로 바라는 것이니
어찌 감히 달고 기름진 것 생각하겠는가?
허기져도 한달에 아홉 끼니 먹지 못할 정도이고,
더위가 닥쳐서야 겨울옷 싫증 내네.
세월은 저물어만 가는데
어찌하여 쓰라린 고생으로 슬퍼하고 있는가?
죽이라도 주던 이의 마음 언제나 좋게 여겨지고
소매로 가리며 받지 않은 잘못 깊이 뉘우쳐지네.
안됐구나, 먹어라 하고 주는 것 부끄러워할 게 무엇 있나?
부질없이 받지 않았으니 공연히 스스로 버린 셈이지.

그렇게 함부로 한 행동이 어찌 뜻한 일이었겠나?
곤궁함을 지키는 것이 오래 전부터의 뜻이기 때문이지.
굶주린다 해도 그뿐이니
내게는 옛날에 많은 스승 계시다네.

[해설]

도연명의 전원생활은 무척 곤궁할 수밖에 없었다. 그러나 그는 곤궁 속에서도 깨끗한 자신의 뜻을 지키려는 다짐을 하고 있는 것이다. 가난 속에서도 초연한 그의 마음가짐이 신선인 듯하다.

180

# 有會而作(유회이작)

## 序

舊穀旣沒하고, 新穀未登하니, 頗爲老農이로되, 而値年災로다.
日月尙悠나, 爲患未已라. 登歲之功은 旣不可希요, 朝夕所資는,
煙火裁通이라. 旬日已來로, 始念飢乏이라. 歲云夕矣하니, 慨然
永懷를, 今我不述이면, 後生何聞哉?아

(구곡기몰, 신곡미등, 파위노농, 이치년재. 일월상유, 위환미이, 등
세지공, 기불가희, 조석소자, 연화재통. 순일이래, 시념기핍. 세운석
의, 개연영회, 금아불술, 후생하문재?)

弱年逢家乏하고,　　　(약년봉가핍)
老至更長飢라.　　　　(노지갱장기)
菽麥實所羨1)이니,　　(숙맥실소선)
孰敢慕甘肥2)?리오,　(숙감모감비)
惄3)如亞九飯4)이오,　(역여아구반)

---

1) 所羨(소선) : 부러워하는 바, 바라는 것.

2) 甘肥(감비) : 단 음식과 기름진 음식.

3) 惄(녁) : 굶주리는 것, 허기지는 것.

4) 亞九飯(아구반) : 공자의 손자인 자사(子思)는 위(衛)나라에 있으면
서, 30일에 아홉 끼니를 겨우 먹었다 한다(《說苑》). 곧 삼순구반(三
旬九飯)했다는 것이다. 아(亞)는 버금가는 것. 따라서 거의 '삼순구반'

當暑厭寒衣라. 　　(당서염한의)

歲月將欲暮어늘, 　　(세월장욕모)

如何辛苦悲?아 　　(여하신고비)

常善粥者5)心하니, 　　(상선죽자심)

深念蒙袂6)非라. 　　(심념몽메비)

嗟來7)何足吝?8)고 　　(차래하족린)

徒沒9)空自遺라. 　　(도몰공자유)

斯濫10)豈攸志11)리오, 　　(사람기유지)

固窮夙所歸12)라. 　　(고궁숙소귀)

餒13)也已矣夫니, 　　(뇌야이의부)

在昔余多師라. 　　(재석여다사)

---

할 정도라는 뜻이다.

5) 粥者(죽자) : 죽을 갖다 주던 사람.

6) 蒙袂(몽메) : 옷소매로 가리며 거절하는 것.

7) 嗟來(차래) : 옛날 제(齊)나라에 흉년이 들었을 때, 검오(黔敖)라는 사람이 음식을 마련해 놓고 굶주리는 사람들에게 와서 먹도록 하였다. 그가 "안됐구나, 먹어라!(嗟來食)"하고 말하자, 굶주리던 사람이 그를 쳐다보면서 "나는 안됐구나 먹어라 하고 주는 음식을 먹지 않아 지금의 처지가 된 거요."하고, 끝내 먹지 않고 굶어 죽었다 한다. (《禮記》 檀弓 下). 여기의 '차래(嗟來)'는 '차래식(嗟來食)'의 뜻이다.

8) 吝(린) : 부끄러워하다.

9) 徒沒(도몰) : 부질없이 받지 않아 없는 것.

10) 濫(람) : 함부로 하는 행동, 허튼 짓.

11) 攸志(유지) : 뜻한 바, 뜻한 일.

12) 歸(귀) : 귀의(歸依), 목표한 바, 뜻한 바.

13) 餒(뇌) : 굶주리다.

## 44. 방주부와 등치중에게 보여주는 초조로 된 원시
### (怨詩楚調示龐主簿鄧治中)


하늘의 도는 깊고도 아득하고
귀신에 대하여는 까마득하네.
어른이 된 뒤부터 선한 일 생각하며
애써 온 지 54년인데,
약관엔 험난한 세상 만나고
처음 결혼해서는 그 짝을 잃었네.
불볕은 늘 타는 듯했고
해충들은 밭 가운데 우글거렸네.
비바람은 이리저리 닥쳐와
거둬들인 것이 작은 헛간에도 차지 않네.
여름날엔 진종일 배를 주리고
추운 밤에는 이불도 없이 잠을 잤네.
저녁이 되면 어서 닭이 울기를 바라고
아침이 되면 해가 어서 지나가기 바랐네.
자기 탓이어늘 어찌 하늘을 원망하랴?
근심이 되니 눈앞이 처참해지네.
아아, 죽은 뒤의 명성이란
내게는 떠있는 연기 같은 것.

처절하여 홀로 슬픈 노래 부르니,
남의 뜻 알아준 종자기(鍾子期)는 정말 현명했네.

## 怨詩楚調1)示龐主簿鄧治中 (원시초조시방주부등치중)

天道幽且遠하고,　　　(천도유차원)
鬼神茫昧然2)이라.　　　(귀신망매연)
結髮3)念善事하여,　　　(결발염선사)
僶俛4)六九年이라.　　　(민면육구년)
弱冠逢世阻5)하고,　　　(약관봉세조)
始室6)喪其偏이라.　　　(시실상기편)
炎火7)屢焚如요,　　　　(염화누분여)

---

1) 楚調(초조) : 한(漢)나라 때에 있던 음악의 삼조(三調) 중의 하나. 초조곡(楚調曲)에는 슬픈 원가행(怨歌行)이 있었다.　主簿(주부) : 치중(治中)과 함께 벼슬 이름. 주부는 관청의 장부를 관장하고, 치중은 문서를 관장하는 낮은 직위였다.

2) 茫昧然(망매연) : 까마득한 모양, 멀고 분명하지 않은 모양.

3) 結髮(결발) : 옛날 관례(冠禮)를 행할 때(20세), 관을 쓰기 위해 머리를 묶는 것, 또는 결혼하여 머리를 묶고 어른이 되는 것.

4) 僶俛(민면) : 노력하다, 애쓰다.　六九(육구) : 54를 가리킨다.

5) 世阻(세조) : 세상의 험난함.

6) 始室(시실) : 처음으로 장가드는 것. 도연명은 20세에 상처를 했다 한다.

7) 炎火(염화) : 불꽃같은 날씨를 가리킨다.

螟螣8)恣中田이라.　　(명역자중전)

風雨縱橫至하여,　　(풍우종횡지)

收斂不盈廛9)이라.　　(수렴부영전)

夏日長抱飢하고,　　(하일장포기)

寒夜無被眠이라.　　(한야무피면)

造10)夕思雞鳴하고,　　(조석사계명)

及晨願烏11)遷이라.　　(급신원오천)

在己何怨天고?　　(재기하원천)

離憂悽目前이라.　　(이우처목전)

吁嗟身後名은,　　(우차신후명)

于我若浮煙이라.　　(우아약부연)

慷慨獨悲歌하니,　　(강개독비가)

鍾期12)信爲賢이라.　　(종기신위현)

---

8) 螟螣(명역) : 두 가지 모두 곡식의 해충임.

9) 廛(전) : 한 사람이 농사짓는 몫(《詩毛傳》). 여기서는 다만 '작은 헛 간'이라 번역해 두었다.

10) 造(조) : 이르다, 되다.

11) 烏(오) : 까마귀. 옛날 중국에서는 해 가운데 까마귀가 있어 해를 움 직인다고 생각하였다. 따라서 여기서는 해를 가리킨다.

12) 鍾期(종기) : 종자기(鍾子期), 춘추(春秋)시대 사람. 친구 백아(伯 牙)가 금을 타면 종자기는 늘 백아가 생각하는 속마음을 알아맞히 었다. 종자기가 죽자 백아는 세상에 지음(知音)이 없다 하여 다시는 금을 타지 않았다 한다.

## 45. 만가시(挽歌詩)〈1〉


삶이 있으면 반드시 죽음이 있고
일찍 죽는 것도 비명(非命)에 죽는 것은 아니네.
어제 저녁까지도 같은 사람이었는데
오늘 아침엔 귀신 명부에 이름 오르게 되네.
죽은 뒤 혼은 흩어져 어디로 가는가?
마른 육체만이 빈 나무관에 담겨지네.
어린 자식은 죽은 아비 찾아 울고
친구들은 죽은 내 몸 어루만지며 곡하네.
잘산 건지 못산 건지 알 수 없는 것이어늘
옳고 그른 일이야 어찌 깨달을 수 있으랴!
천년 만년 뒤에
그 누가 영예(榮譽)나 치욕(恥辱)을 알 수 있으리?
다만 헛된 것은 이 세상에 살아 있는 동안
마시는 술 흡족하지 못했다는 것이네.


〔해설〕

이 시는 도연명이 자기의 죽음을 생각하며 지은 노래이다. 그가 이밖에도 〈자제문(自祭文)〉을 짓고 있는 것을 보면, 평소에도 그는 죽음의 문제를 심각하게 생각하였던 것 같다. 사람이란 어차피 한번은 죽게 마련인 것, 잘살고 못사는 것 같은 번거로운 평가를 초극(超克)하고 술이

나 마시면서 자연 속에 어울리어 소박하게 살아가면 그뿐이라는 그의
인생관이 드러나 있다.

## 挽歌<sup>1)</sup>詩(만가시) 〈其一〉

有生必有死니,　　　（유생필유사）
早終<sup>2)</sup>非命促<sup>3)</sup>이라.　（조종비명촉）
昨暮同爲人이러니,　（작모동위인）
今旦在鬼錄이라.　　（금단재귀록）
魂氣散何之?오　　（혼기산하지）
枯形<sup>4)</sup>寄空木<sup>5)</sup>이라.　（고형기공목）
嬌兒<sup>6)</sup>索父啼하고,　（교아색부제）
良友撫我哭이라.　　（양우무아곡）
得失<sup>7)</sup>不復知어늘,　（득실불부지）
是非安能覺?이리오.　（시비안능각）
千秋萬歲後에,　　　（천추만세후）

---

1) 挽歌(만가) : 죽은 자의 상여를 끌고 가며 부르는 노래, 일종의 장송
　곡(葬送曲).
2) 早終(조종) : 일찍 죽는 것.
3) 命促(명촉) : 목숨이 타고난 것보다 짧아지는 것, 비명에 죽는 것.
4) 枯形(고형) : 마른 육체, 시체.
5) 空木(공목) : 텅빈 나무통, 관(棺).
6) 嬌兒(교아) : 귀여운 아이, 어린아이.
7) 得失(득실) : 잘산 것과 못산 것.

誰知榮與辱?이리오   (수지영여욕)

但恨在世時에,       (단한재세시)

飲酒不得足이라.      (음주부득족)

## 46. 만가시(挽歌時)〈2〉


옛날에는 술이 없어 못마셨는데
지금은 공연히 술잔에 술이 가득하네.
봄 술에는 술구더기만 떠있는데
언제면 다시 술 맛볼 수 있게 될 것인가?
내 앞에는 상 위에 술안주가 가득한데
친구들은 내 곁에서 곡하고 있네.
말을 하고 싶어도 입에서는 소리가 나오지 않고,
보고자 해도 눈에는 아무런 빛이 없네.
옛날에는 넓은 방에서 잠을 잤는데
지금은 거친 풀 우거진 곳에 묵고 있네.
하루아침에 문을 나서고 보니
돌아올 날은 정말로 영영 없을 듯싶네.

[해설]
　〈만가시〉세 수 중의 두 번째 시이다. 자신이 죽고 난 뒤의 일을 노
래한 것이다. 사람들이 자기 앞에 술을 따르고 제물을 차려놓고 곡할
터이지만, 죽은 자신은 좋아하는 술도 못마시고 안주도 먹지 못한다.
그리고 자기 몸은 안락한 집을 버리고 잡초더미 속에 묻혀 영영 다시
집으로는 돌아오지 못하게 된다.
　인생은 짧다. 쓸데없는 명리(名利)에 이끌리어 허둥대지 말고 술이라
도 실컷 마시며 자연스럽게 살다 죽는 것이 옳은 길이라는 결론이다.

## 挽歌詩(만가시) 〈其二〉

在昔無酒飮이러니,　　(재석무주음)
今但湛空觴[1]이라.　　(금단잠공상)
春醪[2]生浮蟻[3]어늘,　　(춘료생부의)
何時更能嘗?고　　(하시갱능상)
殽案[4]盈我前하고,　　(효안영아전)
親朋哭我傍이라.　　(친붕곡아방)
欲語口無音이오,　　(욕어구무음)
欲視眼無光이라.　　(욕시안무광)
昔在高堂[5]寢이러니,　　(석재고당침)
今宿荒草鄕[6]이라.　　(금숙황초향)
一朝出門去하여,　　(일조출문거)
歸來良未央[7]이라.　　(귀래양미앙)

---

1) 湛空觴(잠공상) : 빈 술잔에 술이 가득한 것. 마시지도 못하는데 공연히 술잔에 술만 가득한 것.
2) 春醪(춘료) : 봄 막걸리.
3) 浮蟻(부의) : 술구더기.
4) 殽案(효안) : 술안주가 벌려있는 상.
5) 高堂(고당) : 높은 대청, 크고 당당한 집을 형용하는 말.
6) 荒草鄕(황초향) : 거친 풀이 우거진 고장, 무덤이 있는 곳을 가리킴.
7) 良未央(양미앙) : 진실로 끝이 없다. 진실로 언제가 될지 알 수 없다.

## 47. 만가시(挽歌詩) 〈3〉

거친 풀 어찌 이리도 자욱한가?
백양나무도 쓸쓸하기만 하네.
된서리 내리는 9월에
나를 보내려고 먼 교외로 나왔네.
사방엔 사람 사는 집이란 없고
높은 봉분들만 불룩불룩 솟아있네.
말도 하늘 우러르며 울음 울고,
바람도 그저 쓸쓸하기만 하네.
묘광(墓壙) 한 번 닫히면
천년토록 다시는 밝은 날 오지 않네.
천년토록 다시는 밝은 날 오지 않는다면
현명하고 똑똑한 사람이라 해도 어쩌는 수가 없네.
이미 장송인(葬送人)들은
각자 자기집으로 돌아갔네.
친척이라면 간혹 슬픔 남아있을지 모르나
다른 사람들은 이미 노래부르고 있을 것이네.
죽어 버리면 어디로 가는가?
몸을 맡겨둔 것이 산언덕 되고 마는 것을!

[해설]

　자신이 장사지내진 뒤의 일을 상상하며 노래한 시이다. 인생에 대하여 초연한 그의 태도가 잘 드러나 있다. 사람이란 죽어 땅 속에 한 번 묻혀 버리면 그만이다. 그러니 너무 악착같이 살 필요는 없다는 것이다.

194

## 挽歌詩(만가시) 〈其三〉

| 荒草何茫茫[1]?고 | (황초하망망) |
| 白楊亦蕭蕭[2]라. | (백양역소소) |
| 嚴霜九月中에, | (엄상구월중) |
| 送我出遠郊라. | (송아출원교) |
| 四面無人居하고, | (사면무인거) |
| 高墳正嶕嶢[3]라. | (고분정초요) |
| 馬爲仰天鳴하고, | (마위앙천명) |
| 風爲自蕭條[4]라. | (풍위자소조) |
| 幽室[5]一已閉면, | (유실일이폐) |
| 千年不復朝라. | (천년불부조) |
| 千年不復朝니, | (천년불부조) |
| 賢達[6]無奈何라. | (현달무내하) |
| 向來相送人은, | (향래상송인) |

---

1) 茫茫(망망) : 자욱한 모양, 아득한 모양.
2) 蕭蕭(소소) : 쓸쓸한 모양, 나무가 흔들리는 모양.
3) 嶕嶢(초요) : 산이 높은 모양, 울룩불룩한 모양.
4) 蕭條(소조) : 쓸쓸한 모양.
5) 幽室(유실) : 묘광(墓壙), 무덤 속의 방.
6) 賢達(현달) : 현명하고 통달(通達)한 사람.

各自還其家라.          (각자환기가)
親戚或餘悲리나.      (친척혹여비)
他人亦已歌라.        (타인역이가)
死去何所道?오        (사거하소도)
託體7)同山阿라.       (탁체동산아)

---

7) 託體(탁체) : 몸을 기탁하다.

# 48. 자신을 제사지내는 글(自祭文)

서(序) : 정묘(丁卯)년(427), 율려(律呂)의 무역(無射)에 해당하는 9월달, 날씨는 차고 밤은 긴데, 바람기운 싸느랗다. 기러기 날아가고 있고 풀과 나무는 누렇게 변하여 떨어지고 있다. 도연명은 이제 여관처럼 머물던 세상 하직하고 영원히 본댁으로 돌아가려 한다. 친구들은 처절히 슬퍼하면서 함께 오늘 저녁에 길떠나는 노제(路祭)를 지낸다. 좋은 채소로 제물을 만들고 맑은 술을 따라 올린다. 얼굴을 들여다보아도 캄캄하기만 하고, 소리를 들어보려 해도 더욱 막막하기만 하다. 아아, 슬프다!

끝없이 넓은 땅덩어리와
아득히 넓고 높은 하늘이 있어,
이 천지가 만물을 생성하였는데
나는 사람이 될 수가 있었네.
나는 사람이 된 이래로
가난한 운명에 맞닥뜨렸네.
음식 그릇은 자주 텅 비었고,
베옷으로 겨울을 견디었네.
기쁨 머금고 골짜기 물 긷고,
노래부르며 나뭇짐 지고 다녔네.
어둑어둑한 싸리문은

아침저녁으로 나를 섬기었네.
봄가을이 엇바뀌면서
텃밭에는 할 일이 생기어,
김매고 북돋아주어
곡식 길러 무성하게 했네.
책 뒤적이며 기뻐하고
금 타며 가락 즐기며,
겨울이면 햇볕 쪼이고
여름이면 샘물에 목욕했네.
부지런히 수고로움 꺼리지 않고 일했으나
마음은 언제나 한가했네.
천명 즐기며 분수에 맡기고
백년 가까이 살았네.
그런데 이 백년을
사람들은 아끼어,
성공 못할까 두려워하면서
하루를 서두르고 시각을 아끼며,
살아서는 세상에서 존귀하게 여겨주고
죽어서도 남들이 생각해 주도록 하려 하네.
아아, 나 홀로 힘쓴 것은
전혀 이것들과는 달랐네.
영화로운 것도 나의 영예가 아니니
검은 물인들 어찌 나를 검게 하겠는가?
궁한 움막에 살면서도 고고(孤高)하였고,
얼큰히 술 마시며 시를 지었네.

운명을 알고 천명을 이해하는데
그 누가 생각해 주지 않을 수 있겠는가?
나는 지금 죽어가지만
한이란 있을 수 없네.
수명은 백살에 가깝고
몸은 은둔 생활 추구하여,
늙어서 죽게 되었으니
무엇에 미련을 더 갖겠는가?
추위와 더위가 연이어 지나가
죽음은 이미 삶과 다르게 되었네.
친척들은 새벽에 오고
친구들은 밤에 달려와,
나를 들판에 묻어
그 영혼을 편안케 해주네.
내 갈 길은 까마득하고
무덤 문은 쓸쓸하기만 하네.
사치하는 것은 송나라 신하처럼 부끄러워하였고,
검소함은 양왕손(楊王孫) 비웃을 정도였네.
공허하게 이미 소멸되어
슬프게도 이미 멀리 떠났네.
봉분도 만들지 말고 나무도 심지 말고
세월이 지나가게 버려 두어라.
생전의 명예도 귀하게 여기지 않았는데
그 누가 죽은 뒤의 송가(頌歌)를 중히 여기랴?
사람이 산다는 건 실로 어려운 일이니,

죽음을 어이할 수 있겠는가?
아아, 슬프다!

# 自祭文[1] (자제문)

## 序

歲惟丁卯[2]에, 律[3]中無射이려니. 天寒夜長하고, 風氣蕭索[4]이라. 鴻雁于征하고, 草木黃落이라. 陶子將辭逆旅之館[5]하여, 永歸于本宅이라. 故人悽其相悲하며, 同祖[6]行於今夕이라. 羞[7]以嘉蔬하고, 薦以淸酌이라. 候[8]顔已冥하고, 聆[9]音愈漠하니, 嗚呼哀哉로다.

---

1) 自祭文(자제문) : 자기를 제사지내는 글. 도연명은 자기의 죽음을 생각하고 〈만가시(挽歌詩)〉도 짓고 있다. 그는 삶에 대하여 초연한 자세를 지니면서도 늘 자신의 죽음에 대하여도 생각하고 있었던 듯하다. 다만 그 스스로는 '아아! 슬프다!'하고 탄식하고 있지만 실제로는 죽음에 대하여도 이미 달관하고 있는 듯 유유자적하고 있다.

2) 丁卯(정묘) : 원가(元嘉) 4년(427), 도연명이 죽은 해. 따라서 이 글은 도연명의 절필(絶筆)로 알려져 있다.

3) 律(율) : 음악의 율려(律呂). 無射(무역) : 음악의 12율(十二律) 중의 하나. 그것을 1년에 배정하면 9월에 해당한다.

4) 蕭索(소색) : 쌀쌀한 모양, 싸늘한 모양.

5) 逆旅之館(역려지관) : 여행하다 나그네가 묵어가는 곳, 여관. 사람이 잠시 머물다 가는 이 세상에 비유한 말임.

6) 祖(조) : 먼 길을 떠날 때 지내는 노제(路祭).

7) 羞(수) : 음식, 제물.

8) 候(후) : 들여다보는 것, 바라보는 것.

9) 聆(령) : 소리를 듣는 것, 귀를 기울이는 것.

(세유정묘, 율중무역. 천한야장, 풍기소색. 홍안우정, 초목황락. 도자장사역려지관, 영귀우본택. 고인처기상비, 동조행어금석. 수이가소, 천이청작. 후안이명, 영음유막, 오호애재.)

| | |
|---|---|
| 茫茫大塊요, | (망망대괴) |
| 悠悠高旻10)이라. | (유유고민) |
| 是生萬物하여, | (시생만물) |
| 余得爲人이라. | (여득위인) |
| 自余爲人하여, | (자여위인) |
| 逢運之貧하니, | (봉운지빈) |
| 簞瓢11)屢罄이오. | (단표누경) |
| 絺綌12)冬陳이라. | (치격동진) |
| 含歡谷汲하고, | (함환곡급) |
| 行歌負薪이라. | (행가부신) |
| 翳翳13)柴門14)은, | (예예시문) |
| 事我宵晨15)이라. | (사아소신) |
| 春秋代謝하니, | (춘추대사) |
| 有務中園이라. | (유무중원) |

---

10) 旻(민) : 하늘.
11) 簞瓢(단표) : 대나무로 만든 밥그릇과 물을 떠먹는 표주박.  罄(경) : 텅 비다.
12) 絺綌(치격) : 고운 갈포(葛布)와 거친 갈포 '베옷'이라 번역해 두었다.
13) 翳翳(예예) : 날씨가 어둑어둑한 모양.
14) 柴門(시문) : 싸리문.
15) 宵晨(소신) : 밤과 아침, 아침과 저녁.

載16)耘載耔하여,　　　　　　(재운재자)

迺17)育迺繁이라.　　　　　　(내육내번)

欣以素牘18)하고,　　　　　　(흔이소독)

和以七弦19)이라.　　　　　　(화이칠현)

冬曝其日하고,　　　　　　　(동포기일)

夏濯其泉이라.　　　　　　　(하탁기천)

勤靡20)餘勞나,　　　　　　　(근미여로)

心有常閒이라.　　　　　　　(심유상한)

樂天委分21)하여,　　　　　　(낙천위분)

以至百年이다.　　　　　　　(이지백년)

惟此百年을,　　　　　　　　(유차백년)

夫人愛之하여,　　　　　　　(부인애지)

懼彼無成하여,　　　　　　　(구피무성)

愒22)日惜時하고,　　　　　　(게일석시)

存爲世珍이오,　　　　　　　(존위세진)

沒亦見思라.　　　　　　　　(몰역견사)

嗟我獨邁23)하여,　　　　　　(차아독매)

---

16) 載(재) : 조사.　耘(운) : 김매다.　耔(자) : 북돋다, 김매다.

17) 迺(내) : 조사.

18) 素牘(소독) : 책.

19) 七弦(칠현) : 금. 중국의 금은 보통 일곱 줄이었다.

20) 靡(미) : 부정사(否定詞).

21) 委分(위분) : 분수에 맡기다.

22) 愒(개) : 서두르다, 탐내다.

曾是異玆라.　　　　　(증시이자)

寵24)非己榮이니,　　　(총비기영)

涅25)豈吾緇리오?　　　(날기오치)

捽兀26)窮廬하고,　　　(졸올궁려)

酣飮賦詩라.　　　　　(감음부시)

識運知命하니,　　　　(식운지명)

疇能罔眷27)이리오?　 (주능망권)

余今斯化로되,　　　　(여금사화)

可以無恨이라.　　　　(가이무한)

壽涉百齡하고,　　　　(수섭백령)

身慕肥遯28)하여,　　　(신모비둔)

從老得終하니,　　　　(종노득종)

奚所復戀이리오?　　　(해소부련)

寒暑逾邁하여,　　　　(한서유매)

亡旣異存하니,　　　　(망기이존)

外姻晨來하고,　　　　(외인신래)

良友宵奔하여,　　　　(간우소분)

葬之中野하여,　　　　(장지중야)

---

23) 邁(매) : 나아가다, 힘쓰다.

24) 寵(총) : 영예, 영광.

25) 涅(날) : 검은 물. 緇(치) : 검게 하다.

26) 捽兀(졸올) : 고고(孤高)한 것.

27) 眷(권) : 돌아다 보다, 생각해 주다.

28) 肥遯(비둔) : 깨끗한 은둔 생활.

以安其魂이라.　　　　(이안기혼)

窅窅29)我行이오,　　　(요요아행)

蕭蕭墓門이라.　　　　(소소묘문)

奢恥宋臣30)이고,　　　(사치송신)

儉笑王孫31)이라.　　　(검소왕손)

廓兮32)已滅하여,　　　(곽혜이멸)

慨焉33)已遐라.　　　　(개언이하)

不封不樹라도,　　　　(불봉불수)

日月遂過라.　　　　　(일월수과)

匪貴前譽어늘,　　　　(비귀전예)

孰重後歌리오?　　　　(숙중후가)

人生實難이니,　　　　(인생실난)

死如之何오?　　　　　(사여지하)

嗚呼哀哉로다!　　　　(오호애재)

---

29) 窅窅(요요) : 까마득히 먼 모양.

30) 宋臣(송신) : 공자(孔子)가 여러 나라를 돌아다닐 때 송(宋)나라를
지날 때 환퇴(桓魋)라는 자가 공자를 죽이려 한 일이 있다. 그 환
퇴는 죽은 뒤에 자기 시체를 넣을 덧관인 곽(槨)을 만들게 하였는
데 너무 공을 들여 3년이 지나도록 완성이 되지 않았다 한다(《孔子
家語》). 그런 사치를 부끄러이 여김은 당연하다.

31) 王孫(왕손) : 한(漢)대의 양왕손(楊王孫). 그는 죽기 전에 아들에게
자기가 죽은 뒤 검소하게 장사지내도록 여러 가지로 까다롭게 유언
을 하였다 한다(《漢書》).

32) 廓兮(곽혜) : 넓은 모양, 공허한 모양.

33) 慨焉(개언) : 슬프게도.

제 4 부
# 전원과 이상향

## 49. 귀거래혜사(歸去來兮辭)

돌아가자!
전원이 황폐해지고 있거늘 어찌하여 돌아가지 않는가?
이제껏 내 마음 몸 위해 부림받아 왔거늘
무엇 때문에 그대로 고민하며 홀로 슬퍼하는가?
이미 지난 일은 돌이킬 수 없음을 깨달았고
장래의 일은 올바로 할 수 있음을 알았으니,
실로 길 잘못 들어 멀어지기 전에
지금이 옳고 지난날은 잘못이었음을 깨우쳤네.
배는 흔들흔들 가벼이 출렁이고
바람은 펄펄 옷깃을 날리네.
길 가는 사람에게 갈 길 물으면서
새벽빛 어둑어둑함을 한하네.
멀리 집을 바라보고는
기쁨에 달려가니,
하인들이 반겨 맞아주고
어린 자식들 문앞에서 기다리네.
오솔길엔 풀이 우거졌으나
소나무와 국화는 그대로 있네.
아이들 데리고 방으로 들어가니
술통엔 술이 가득하네.

술병과 술잔 가져다 자작하면서
뜰앞 나뭇가지 바라보며 기쁜 얼굴 짓고,
남창에 기대어 거리낌없는 마음 푸니
좁은 방일지언정 몸의 편안함을 느끼네.
뜰은 날마다 돌아다니다 보니 바깥 마당 이루어지고
문은 있으되 언제나 닫혀 있네.
지팡이 짚고 다니다 아무데서나 쉬면서
때때로 고개 들어 먼곳 바라보니,
구름은 무심히 산골짜기에 피어오르고
새들은 날기에 지쳐 둥우리로 돌아오네.
해는 너웃너웃 지려 하는데도
외로운 소나무 쓰다듬으며 그대로 서성이네.

돌아가자!
세상 사람들과 사귐을 끊자!
세상과 나는 서로 등졌으니
다시 수레 몰고 나가야 무얼 얻겠는가?
친척들의 정다운 얘기 기꺼웁고
금(琴)과 책 즐기니 시름 사라지네.
농군들이 내게 봄 온 것 일러주면
서쪽 밭에 씨 뿌릴 채비하네.
포장친 수레 타기도 하고
조각배의 노를 젓기도 하며,
깊숙한 골짜기 찾아가기도 하고
울퉁불퉁한 언덕 오르기도 하네.

나무들은 싱싱하게 자라나고
샘물은 졸졸 흘러내리니,
만물이 철따라 변함을 부러워하며
내 삶의 동정(動靜)을 배우게 되네.

아서라!
천지간에 몸 담았으되 다시 얼마나 생존하리?
어찌 본심 따라 분수대로 살지 않겠는가?
무얼 위해 허겁지겁하다가 어디로 가겠다는 건가?
부귀는 내 소망이 아니요,
천국(天國)은 가기 바랄 수 없는 것,
좋은 철 즐기며 홀로 나서서
지팡이 꽂아놓고 풀 뽑기 김매기 하고,
동쪽 언덕에 올라 긴 휘파람 불어 보고
맑은 시냇물 대하고 시를 읊기도 하네.
이렇게 자연 변화 따르다 목숨 다할 것이니,
주어진 운명 즐기는 데 다시 무얼 의심하랴!

[해설]
　이 〈귀거래혜사〉는 한(漢)대에 성행했던 부(賦)라는 형식의 작품이다. 한대의 부는 대체로 호화롭고 거창한 사물들을 아름다운 형식으로 멋지게 표현하는 데만 힘써서, 결국 생명이 없는 귀족문학으로 변한 느낌이 없지 않았다.
　그러나 우리는 도연명의 〈귀거래혜사〉에서 한대 부와는 전혀 다른 풍취의 부를 발견하게 된다. 일찍이 송(宋)대의 구양수(歐陽修)가 〈귀거래혜사〉를 진(晉)대의 유일한 명문장이라 극찬했지만, 여기에는 전원으로 돌아가는 도연명의 자연애(自然愛)와 인생관이 다른 어떤 시에서보다도 싱싱하게 잘 노래되고 있다.

이 부는 그가 41세 되던 해 마지막 벼슬인 팽택령(彭澤令)을 80여일만에 내던지고 고향의 전원으로 돌아오면서 지은 것이다. 그는 가난한 집안에서 처자를 먹여 살리기 위하여 29세 때부터 하찮은 벼슬들을 전전해 보았으나, 어지러운 진나라의 관리 생활이란 전혀 그의 기질에 맞을 수가 없는 것이었다. 그는 관리 생활이란 입[口]과 배[腹]를 위하여 살아가는 것에 불과하다고 생각하였다.

그때 마침 군(郡)에서 행정 시찰을 위해 독우(督郵)를 파견해 오자, 현리(縣吏)로서 관복을 차려 입고 나가 그를 맞이해야 할 처지가 되었다. 도연명은 "나는 오두미(五斗米)의 녹(祿)을 위해 허리를 굽히며 시골 소인(小人)을 섬길 수는 없다"하고 마침내 벼슬을 내던졌던 것이다. 그리고 도연명은 이 부에서 자기 본성에 맞는 세계를 찾은 기쁨에 모든 다른 생각을 잊고 있는 것이다. 송대의 문호인 소식(蘇軾)도 이 〈귀거래혜사〉를 무척 좋아했다 한다.

# 歸去來兮辭(귀거래혜사)

歸去來<sup>1)</sup>兮여!      (귀거래혜)

田園將蕪胡不歸?오    (전원장무호불귀)

旣自以心爲形役이어늘,   (기자이심위형역)

奚惆悵<sup>2)</sup>而獨悲?오    (해추창이독비)

悟已往<sup>3)</sup>之不諫하고,    (오이왕지불간)

知來者之可追라.      (지래자지가추)

實迷途其未遠에,      (실미도기미원)

覺今是而昨非라.      (각금시이작비)

舟遙遙以輕颺하고,    (주요요이경양)

風飄飄而吹衣라.      (풍표표이취의)

問征夫以前路하고,    (문정부이전로)

恨晨光之熹微라.      (한신광지희미)

乃瞻衡宇<sup>4)</sup>하고,      (내첨형우)

載<sup>5)</sup>欣載奔이라.      (재흔재분)

---

1) 歸去來(귀거래) : 돌아가자, 래(來)는 어조사.  兮(혜) : 초사(楚辭)와 부(賦)에 흔히 쓰이는 조사.

2) 惆悵(추창) : 슬퍼하다, 실심하다.

3) 已往(이왕) : 이미 지나간 과거.

4) 衡宇(형우) : 형문옥우(衡門屋宇), 초라한 집.

| | |
|---|---|
| 僮僕歡迎하고, | (동복환영) |
| 稚子候門이라. | (치자후문) |
| 三逕6)就荒이나, | (삼경취황) |
| 松菊猶存이라. | (송국유존) |
| 携幼入室하니, | (휴유입실) |
| 有酒盈樽이라. | (유주영준) |
| 引壺觴以自酌하고, | (인호상이자작) |
| 眄7)庭柯以怡顔이라. | (면정가이이안) |
| 倚南窓以寄傲8)하니, | (의남창이기오) |
| 審容膝9)之易安이라. | (심용슬지이안) |
| 園日涉以成趣10)하고, | (원일섭이성취) |
| 門雖設而常關이라. | (문수설이상관) |
| 策扶老11)以流憩하고, | (책부로이류게) |

---

5) 載(재) : 어조사.

6) 三逕(삼경) : 옛날 장허(蔣詡)라는 사람이 집의 대나무밭 사이로 세 가닥의 오솔길을 내놓고 구중(求仲) · 양중(羊仲)이란 두 사람과만 사귀면서 숨어 살았다《三輔決錄》. 이에 후세 사람들은 은사(隱士)가 사는 곳을 '삼경'이라 부르게 되었다.

7) 眄(면) : 바라보다.

8) 寄傲(기오) : 오만한 마음을 기탁하다, 거리낌 없는 마음을 기탁하다.

9) 容膝(용슬) : 무릎을 용납하다, 살고 있는 방이 협소함을 형용한 말.

10) 成趣(성취) : 취(趣)는 추(趨)로도 쓰이며 문밖의 마당, 따라서 문밖의 마당이 자연히 이루어지다의 뜻.

11) 扶老(부로) : 지팡이의 별명. 노인을 부축해 주는 것이란 뜻.

時矯首而遐觀이라.　　　（시교수이하관）

雲無心以出岫하고,　　　（운무심이출수）

鳥倦飛而知還이라.　　　（조권비이지환）

景翳翳12)以將入하니,　　（경예예이장입）

撫孤松而盤桓13)이라.　　（무고송이반환）


歸去來兮여.　　　　　　（귀거래혜）

請息交以絶游로다.　　　（청식교이절유）

世與我而相違어늘,　　　（세여아이상위）

復駕言14)兮焉求?리오　（부가언혜언구）

悅親戚之情話하고,　　　（열친척지정화）

樂琴書以消憂로다.　　　（낙금서이소우）

農人告余以春及이면,　　（농인고여이춘급）

將有事15)於西疇리라.　（장유사어서주）

或命巾車16)하고,　　　　（혹명건거）

或棹孤舟하여,　　　　　（혹도고주）

旣窈窕17)以尋壑하고,　 （기요조이심학）

---

12) 翳翳(예예) : 어둑어둑해지는 모양.

13) 盤桓(반환) : 왔다갔다 하는 것, 우물쭈물 하는 것.

14) 駕言(가언) : 수레를 타고 세상에 나가 활약하는 것. 언(言)은 어조사.

15) 有事(유사) : 일이 있게 되다, 여기서는 밭 갈고 씨뿌리는 농사일.

16) 巾車(건거) : 포장을 친 수레.

17) 窈窕(요조) : 깊숙한 모양.

亦崎嶇而經邱라.　　　　　(역기구이경구)

木欣欣以向榮하고,　　　　(목흔흔이향영)

泉涓涓而始流라.　　　　　(천연연이시류)

善萬物之得時하니.　　　　(선만물지득시)

感吾生之行休[18]라.　　　(감오생지행휴)


已矣乎!인저　　　　　　　(이의호)

寓形[19]宇内[20]復幾時?아　(우형우내부기시)

曷不委心[21]任去留[22]하고.　(갈불위심임거류)

胡爲乎遑遑[23]欲何之?아　(호위호황황욕하지)

富貴非吾願이오.　　　　　(부귀비오원)

帝鄕[24]不可期라.　　　　(제향불가기)

懷良辰以孤往하고.　　　　(회량진이고왕)

或植杖而耘耔[25]라.　　　(혹치장이운자)

登東皐以舒嘯[26]하고,　　(등동고이서소)

---

18) 行休(행휴) : 행동과 휴식, 움직이는 것과 가만히 있는 것.

19) 寓形(우형) : 육체를 기탁하다. 몸을 타고나다.

20) 宇内(우내) : 천지간, 이 세상.

21) 委心(위심) : 자기 본심대로 맡기는 것.

22) 去留(거류) : 떠나감과 머뭄, 죽음과 삶.

23) 遑遑(황황) : 허둥지둥하다, 허겁지겁하다.

24) 帝鄕(제향) : 천국(天國), 선향(仙鄕).

25) 耘耔(운자) : 김매고 북돋는 것.

26) 舒嘯(서소) : 휘파람을 길게 내부는 것.

臨淸流而賦詩라,　　　　　（임청류이부시）

聊乘化[27]以歸盡[28]이어늘,　　（요승화이귀진）

樂夫天命復奚疑?리오　　　（낙부천명부해의）

---

27) 乘化(승화) : 만물의 변화를 타다.

28) 歸盡(귀진) : 다함으로 돌아가다, 곧 살다가 죽는 것을 뜻한다.

## 50. 도화원기와 도화원시(桃花源詩幷記)


진(晉)나라 태원(太元) 연간(376~396년)에 무릉(武陵)의 한 사람이 고기잡이를 업으로 삼고 있었는데, 시냇물을 따라 가다가 길을 어디로 얼마나 왔는지 잊어버리게 되었다. 갑자기 복숭아나무 숲을 마주치게 되었는데, 양편 언덕을 끼고 수백 보(步) 넓이의 땅에 잡목이라고는 하나도 없었으며, 향기로운 풀들이 싱싱하고 아름다운 위에, 떨어지는 꽃잎이 어지러웠다. 어부는 매우 이상한 일이라 여기고 다시 앞으로 나아가며 그 숲을 끝까지 따라가 보았다.

숲이 다하고 물의 근원이 있는 곳에 산이 하나 있었다. 산에는 작은 구멍이 있었는데, 희미하게 빛이 있는 듯하였다. 곧 배를 버리고 그 구멍으로 들어가 보니, 처음에는 매우 좁아서 겨우 사람이 지나갈 수 있을 정도였으나 다시 수십 보를 걸어가니 활짝 훤하게 펼쳐져 땅이 평평하고 넓었으며, 집들이 멋지게 늘어섰고 좋은 밭과 아름다운 연못이 있고 뽕나무와 대나무 같은 것들이 잘 자라고 있었다. 사방으로 길이 뻗어 있고 닭소리 개소리가 들렸으며, 그 속에서 왔다갔다 하면서 씨뿌리고 일하는 남녀들의 입은 옷들은 모두가 외계(外界) 사람들 같았다. 노인과 아이들도 모두가 즐거운 듯 함께 즐기고 있었다.

그들이 어부를 보고는 크게 놀라며 어디로부터 왔는가 물었다. 사실대로 대답하자 곧 집으로 데리고 돌아가 술자리를 마련하고는 닭을 잡고 음식을 장만하였다. 마을 안에서는 이런 사람이 나타났다는 말을 듣고는 모두 찾아와서 여러 가지를 물었다. 스스로들 말하기를, 선대에 진(秦)나라 때의 난리를 피하여 처자와 고을 사람들을 거느리고 이곳 절경으로 들어와서 다시는 나가지 않아 마침내 바깥 사람들과는 서로 떨어져 있게 되었다는 것이었다.

지금은 어떤 세상인가 묻는데, 그들은 위(魏)나라 진(晋)나라는 말할 것도 없고 한(漢)나라가 있었다는 것도 모르고 있었다. 그 사람이 하나하나 그들에게 들은 일들을 모두 얘기해 주니, 모두가 탄식하며 놀라는 것이었다. 나머지 사람들도 각각 다시 그들의 집으로 그를 초청하여 모두가 술과 음식을 대접하였다. 며칠 머물다가 이별하고 떠나게 되었는데, 그곳 사람들은 당부하기를 밖의 사람들에게 얘기하지 말아 달라는 것이었다.

그곳을 나와 그의 배를 발견하고 곧 전의 길을 따라 나오며 곳곳에 표시를 남겨두었다. 고을에 이르러 태수(太守)를 찾아뵙고 그러한 일들을 보고하였다. 태수는 곧 사람을 파견하여 그를 따라가 보도록 하였다. 전에 표시한 것을 찾아가다가 마침내는 길을 잃고 다시는 갈 길을 찾지 못하였다.

남양(南陽)의 유자기(劉子驥)는 고상한 것을 좋아하는 선비였다. 그 얘기를 듣고는 기뻐서 찾아가 보려 하였으나 성공하지 못하고 뒤에 병으로 죽고 말았다. 그 뒤로는 그곳으로 가는 길을 추구하려는 사람도 없었다.

진시황(秦始皇)이 하늘의 기강(紀綱)을 어지럽히자
현명한 사람들은 그런 세상을 피하게 되었네.
하황공(夏黃公)과 기리계(綺里季)는 상산(商山)을 찾아갔고
이 사람들은 도원(桃源)을 찾아갔다네.

그들이 갔던 발자취 점차 없어져 버리고
왔던 길은 마침내 풀 나무 무성하여 황폐하여졌네.
서로 의지하여 밭갈고 농사짓는 데 힘쓰면서
해지면 서로 어울리어 집으로 들어가 쉬네.
뽕나무 대나무 녹음 드리우고
콩 기장 철따라 가꾸며,
봄 누에 쳐서 긴 실 뽑고
가을 곡식 익어도 나라의 세금은 없다네.
거친 길은 희미한 대로 서로 통하고 닭 개는 번갈아 울고 짖으며,
제기(祭器)를 차리는 데는 옛 법도 따르고
옷도 새롭게 만들어 낸 것은 없네.
아이들은 멋대로 다니며 노래하고
노인들은 기뻐서 서로 찾아다니며 노네.
풀 꽃이 피면 계절이 온화해진 것을 알고
나무가 시들면 바람이 싸늘해진 것을 알며,
비록 기록된 일력이 없다 해도
사철이 자연스럽게 한 해를 이루네.
즐겁게도 넘쳐나는 즐거움 있으니
어디에다 지혜를 쓰는 수고를 하겠는가?
기이한 이들의 자취가 숨겨있은 지 5백년만에
하루아침에 신기한 세계 열리어 알려졌으나,
인간의 순수함과 경박함은 본시 근원이 다른 것이어서
다시 곧 가리워져 알 수 없는 세상으로 돌아가 버렸네.
이 세상에 노니는 선비들에게 물어보노니
먼지 일고 시끄러운 세상 밖 일을 어찌 헤아리겠는가?

바라건대 가벼운 바람 올라타고서
높이 올라 내 뜻에 맞는 세상 찾아가고자!

[해설]

작자 도연명이 자기의 이상향을 산문으로 묘사한 위에(곧 〈도화원기〉) 시로써 읊은(곧 〈도화원시〉) 작품이다. 그의 이상향은 복숭아꽃이 만발하여 떨어지는 꽃잎들이 물위에 떠 흘러가고 있고, 사람들은 뽕나무 대나무가 우거져 있는 땅에 밭을 일구고 농사지으며 아무런 근심 걱정 없이 살아가는 세상이다.

실제로 호남성(湖南省) 무릉(武陵)이란 고장에 도화원이 있었다고 주장하는 사람들도 있으나, 작자가 추구했던 전원생활의 이상이 집약된 상상을 통하여 이루어진 별천지가 도화원이라 보아야만 할 것이다.

# 桃花源詩幷記(도화원시병기)[1]


晋太元中에, 武陵[2]人이, 捕魚爲業이러니, 緣溪行이라가, 忘路
之遠近하고, 忽逢桃花林이라. 夾岸數百步[3]에, 中無雜樹하고, 芳
草鮮美하며, 落英繽紛[4]하니, 漁人甚異之라. 復前行하여, 欲窮[5]
其林이라.

(진태원중, 무릉인, 포어위업, 연계행, 망로지원근, 홀봉도화림. 협안
수백보, 중무잡수, 방초선미, 낙영빈분, 어인심이지. 부전행, 욕궁기림.)

林盡水源에, 便得一山이라. 山有小口러니, 髣髴[6]若有光하여,
便捨船從口入이라. 初極狹하여, 纔[7]通人이나; 復行數十步하니,
豁然[8]開朗이라. 土地平曠[9]하고, 屋舍儼然[10]하여, 有良田美池

---

1) 桃花源詩幷記(도화원시병기) : 〈도화원시(桃花源詩)〉와 〈도화원기(桃
花源記)〉. 판본에 따라서는 〈도화원기병서(桃花原記幷序)〉로 된 곳
도 있다.
2) 武陵(무릉) : 지금의 호남성(湖南省) 상덕현(常德縣)에 있던 고을 이름.
3) 步(보) : 길이의 단위, 6척(尺) 또는 8척이 1보(《史記索隱》).
4) 繽紛(빈분) : 어지러운 모양. 바람에 날리는 모양.
5) 窮(궁) : 추궁하다, 끝까지 알아보다.
6) 髣髴(방불) : 확실하지 않은 모양, 희미한 것. 방불(彷彿)로도 씀.
7) 纔(재) : 겨우, 간신히.
8) 豁然(활연) : 널리 트인 모양, 환하게 넓은 모양.
9) 平曠(평광) : 평평하고 넓은 것.

와, 桑竹之屬이라. 阡陌[11]交通하고, 鷄犬相聞이라. 其中往來種
作[12], 男女衣著[13]이, 悉如外人이오 ; 黃髮[14]垂髫[15]이, 並怡然[16]
自樂이라.

(임진수원, 변득일산. 산유소구, 방불약유광, 변사선종구입. 초극협,
재통인 ; 부행수십보, 할연개랑. 토지평광, 옥사엄연, 유량전미지, 상죽
지속 ; 천맥교통, 계견상문. 기중왕래종작, 남녀의착, 실여외인 ; 황발
수초, 병이연자락.)

見漁人하고, 乃大驚하여 ; 問所從來하니, 具答之라. 便要[17]還
家하여, 爲設酒殺鷄作食이러니 ; 村中聞有此人하고, 咸[18]來問
訊[19]이라. 自云先世避秦時亂하여, 率妻子邑人來此絶境하여, 不
復出焉하니 ; 遂與外人間隔[20]이라. 問今是何世하니, 乃不知有漢
이오, 無論魏晉이라. 此人一一爲具言所聞하니, 皆歎惋[21]이라. 餘
人各復延[22]至家하여, 皆出酒食하니 ; 停數日하고, 辭去라. 此中

---

10) 儼然(엄연) : 의젓한 모양, 웅장한 모양.
11) 阡陌(천맥) : 밭둔덕 길, 동서[陌] 남북[阡]으로 뻗어있는 밭둔덕 길.
12) 種作(종작) : 씨뿌리고 일하는 것.
13) 衣著(의착) : 옷과 몸에 걸친 것들.
14) 黃髮(황발) : 머리가 누렇게 된 사람, 노인.
15) 垂髫(수초) : 댕기머리를 늘어뜨린 사람, 아이들.
16) 怡然(이연) : 즐거운 모양, 기쁜 모양.
17) 要(요) : 요청하다, 요구하다.
18) 咸(함) : 다, 모두.
19) 問訊(문신) : 물어보다, 여러가지 소식을 묻다.
20) 間隔(간격) : 사이가 멀어지다, 사이가 벌어져 연락이 끊기는 것.
21) 歎惋(탄완) : 탄식하고 놀라다, 탄식하며 애석히 여기다.

人語云하되 : 不足爲外人道23)也라.

(견어인, 내대경 ; 문소종래, 구답지. 변요환가, 위설주살계작식 ; 촌중문유차인, 함래문신. 자운선세피진시란, 솔처자읍인래차절경, 불부출언 ; 수여외인간격. 문금시하세, 내부지유한, 무론위진. 차인일일위구언소문, 개탄완. 여인각부연지가, 개출주식 ; 정수일, 사거. 차중인어운 : 부족위외인도야.)

旣出하여, 得其船하여, 便扶24)向路하며, 處處誌25)之라. 及郡26)下하여, 詣太守하고, 說如此라. 太守卽遣人隨其往하여, 尋向27)所誌러니, 遂迷不復得路라.

(기출, 득기선, 변부향로, 처처지지. 급군하, 예태수, 설여차. 태수즉견인수기왕, 심향소지, 수미불부득로.)

南陽28)劉子驥는, 高尙29)士也로 ; 聞之코, 欣欣30)規往31)이라. 未果하고, 尋病終하니, 後遂無問津32)者라.

---

22) 延(연) : 맞이하다, 초청하다.

23) 道(도) : 말하다.

24) 扶(부) : 의지하여, 따라서.

25) 誌(지) : 표식을 남기다, 기록하다.

26) 郡(군) : 고을, 옛 행정 단위.

27) 向(향) : 전에, 이전에.

28) 南陽(남양) : 지금의 호북성(湖北省) 양양부(襄陽府). 유자기(劉子驥)는 사람 이름.

29) 高尙(고상) : 높은 것을 숭상하는 것, 고고(孤高)함을 숭상하는 것.

30) 欣欣(흔흔) : 기뻐하는 모양.

31) 規往(규왕) : 가고자 계획하다, 가보고자 하다.

32) 問津(문진) : 나루터에 대하여 묻다, 나루터를 어디로 가야 하는가 묻

(남양유자기, 고상사야 ; 문지, 흔흔규왕. 미과, 심병종. 후수무문진자.)

| | |
|---|---|
| 嬴氏[33]亂天紀[34]하니, | (영씨난천기) |
| 賢者避其世라. | (현자피기세) |
| 黃綺[35]之商山[36]하고, | (황기지상산) |
| 伊人[37]亦云逝러니 ; | (이인역운서) |
| 往跡寢復湮[38]하여, | (왕적침부인) |
| 來逕遂蕪廢[39]라. | (내경수무폐) |
| 相命[40]肆[41]農耕하고, | (상명이농경) |
| 日入從所憩[42]라. | (일입종소게) |
| 桑竹垂餘蔭[43]하고, | (상죽수여음) |

---

다. 일정한 목적지를 어떻게 가야 하는가 묻는 것을 두고 하는 말.

33) 嬴氏(영씨) : 진시황(秦始皇)을 가리킴. 진시황은 성이 영(嬴)이고 이름은 정(政)이었다.

34) 天紀(천기) : 하늘의 기강(紀綱), 하늘의 도.

35) 黃綺(황기) : 진(秦)나라 말엽 난리를 피하여 상산(商山)에 숨었던 이른바 사호(四皓) 중의 하황공(夏黃公)과 기리계(綺里季)의 두 사람.

36) 商山(상산) : 섬서성(陝西省) 상현(商縣) 동쪽에 있는 산 이름.

37) 伊人(이인) : 이 사람들, 도화원(桃花源)의 사람들을 가리킴.

38) 寢復湮(침부인) : 조금씩 또 없어져 버리다. 침(寢)은 침(浸)과 통용.

39) 蕪廢(무폐) : 초목이 우거져 황폐해지는 것.

40) 相命(상명) : 서로 청하다, 서로 의지하다.

41) 肆(이) : 수고하다, 힘쓰다.

42) 從所憩(종소게) : 따라서 쉴 곳으로 가다, 서로 어울리어 집으로 돌아가 쉬는 것.

43) 餘蔭(여음) : 여분이 있는 나무 그늘, 충분한 녹음.

菽稷44)隨時藝45)하며 ;　　(숙직수시예)

春蠶收長絲요.　　　　(춘잠수장사)

秋熟靡王稅46)라.　　　(추숙미왕세)

荒路曖47)交通하고.　　(황로애교통)

鷄犬互鳴吠라.　　　　(계견호명폐)

俎豆48)猶古法이오.　　(조두유고법)

衣裳無新製라.　　　　(의상무신제)

童孺縱49)行歌하고.　　(동유종행가)

斑白50)歡游詣51)라.　　(반백환유예)

草榮識節和52)하고.　　(초영식절화)

木衰知風厲53)하니 ;　(목쇠지풍려)

雖無紀曆誌54)나.　　　(수무기력지)

---

44) 菽稷(숙직) : 콩과 기장.

45) 隨時藝(수시예) : 철을 따라 심고 가꾸다.

46) 靡王稅(미왕세) : 임금의 세금이 없다, 나라의 세금이 없다.

47) 曖(애) : 희미한 것, 분명치 않은 것.

48) 俎豆(조두) : 제기(祭器), 조(俎)와 두(豆) 모두 옛날 제물을 담는
　　데 쓰던 그릇 이름.

49) 縱(종) : 멋대로, 방종하게.

50) 斑白(반백) : 머리가 희끗희끗한 사람, 노인.

51) 游詣(유예) : 놀면서 서로 찾아다니는 것.

52) 節和(절화) : 절기가 온화해지다, 봄이 되는 것을 가리킴.

53) 風厲(풍려) : 바람이 사나워지다, 바람이 싸늘하게 부는 가을이 된
　　것을 뜻한다.

54) 紀曆誌(기력지) : 기록해 놓은 역서(曆書), 달력.

四時自成歲라.　　　　　(사시자성세)

怡然有餘樂하니,　　　　(이연유여락)

於何<sup>55)</sup>勞智慧!오　　　(어하노지혜)

奇蹤<sup>56)</sup>隱五百이라가,　　(기종은오백)

一朝敞神界<sup>57)</sup>라.　　　(일조창신계)

淳薄<sup>58)</sup>旣異源하니,　　(순박기이원)

旋復<sup>59)</sup>還幽蔽라.　　　(선부환유폐)

借問游方士<sup>60)</sup>하노니,　(차문유방사)

焉測塵囂<sup>61)</sup>外?오　　　(언측진효외)

願言躡<sup>62)</sup>輕風하여,　　　(원언섭경풍)

高擧尋吾契<sup>63)</sup>라.　　　(고거심오계)

---

55) 於何(어하) : 어디에, 무슨 일에.

56) 奇蹤(기종) : 기이한 발자취, 도화원 사람들의 생활상을 가리킨다.

57) 敞神界(창신계) : 신기한 세계가 드러나다, 신기한 세계가 열리다.

58) 淳薄(순박) : 순수함과 경박함, 순박함과 경박함. 도화원 같은 세계와 인간 세계의 인정과 풍속을 가리킨다.

59) 旋復(선부) : 곧 다시.

60) 游方士(유방사) : 방내(方內)에 노니는 선비, 이 세상에 노니는 선비. 방내는 방외(方外)와 대가 됨(《莊子》大宗師)

61) 塵囂(진효) : 먼지 일고 시끄러운 것, 속된 세상을 가리킴.

62) 躡(섭) : 밟다, 올라타다.

63) 吾契(오계) : 내 뜻에 맞는 곳, 도화원 같은 이상향을 가리킴.

# 51. 오류선생전(五柳先生傳)

선생은 어디 사람인지 모르고 또 그의 성(姓)과 자(字)도 자세하지 않으나, 집 옆에 버드나무 다섯 그루가 있기에 그것으로써 호를 삼았다. 한적하고 조용하며 말이 적었고 명예나 실리를 바라지 않았다. 책읽기를 좋아하지만 깊이 파고들지는 않는다. 매번 뜻에 맞는 글이 있으면, 곧 즐거워 식사도 잊었다. 성품이 술을 좋아하지만 집이 가난하여 항상 마실 수는 없었다. 친구들이 이와 같은 처지를 알고는 때때로 술자리를 마련하여 그를 초청했다. 마시는 데에 이르러서는 언제나 다 마셔 버려 반드시 취하고야 말았다. 취하고 난 후에는 물러나는데, 가고 머무름에 미련을 두지 않았다.

좁은 방은 쓸쓸하기만 하고 바람과 햇빛을 제대로 가리지도 못한다. 짧은 베옷을 기워 입고, 밥그릇이 자주 비어도 마음은 편안하다. 항상 문장을 지으며 스스로 즐기면서 자못 자신의 뜻을 나타내려 하였다. 득(得)과 실(失)에 대한 생각을 잊고서, 이러한 상태로 자신의 일생을 마치려 하였다.

찬문(贊文)을 지으며, 제(齊)나라의 검루(黔婁)에 대해 말하기를 "빈천을 두려워하지 않으셨고 부귀에 급급해하지 않으셨다."고 했다. 그 말을 잘 새겨보면 검루는 오류선생과 같은 무리이다. 술을 흠뻑 마시고 시를 지음으로써 자신의 뜻을 즐겼으니 무회씨(無懷氏) 시대의 사람인가? 갈천씨(葛天氏) 시대의 사람인가?

[해설]

이 〈오류선생전(五柳先生傳)〉은 도연명이 자신을 오류선생(五柳先生)에 가탁(假託)하여 쓴 글이다. 이 글을 통하여 자신의 속세에서 초연한 생활태도와 생활관(生活觀) 또는 인생관(人生觀) 등이 객관적으로 잘 그려져 있다. 매우 해학적인 문체로 후세 전기체(傳記體) 문장의 규범으로 받들어지기도 한다.

## 五柳先生傳(오류선생전)

先生<sup>1)</sup>은 不知何許人이오, 亦不詳其姓字나, 宅邊有五柳樹하여, 因以爲號焉이라. 閑靖<sup>2)</sup>少言하며, 不慕榮利하고, 好讀書하되, 不求甚解<sup>3)</sup>요, 每有會意면, 便欣然<sup>4)</sup>忘食이라. 性嗜酒하되, 家貧不能常得하니, 親舊知其如此하고, 或置酒<sup>5)</sup>而招之면, 造飮<sup>6)</sup>輒盡하여, 期在必醉요, 旣醉而退하여, 曾不吝情去留<sup>7)</sup>라. 環堵蕭然<sup>8)</sup>하여, 不蔽風日하고, 短褐<sup>9)</sup>穿結하며, 簞瓢<sup>10)</sup>屢空이로되, 晏

---

1) 先生(선생) : 도연명이 자기 스스로를 가공적인 인물로 그려 오류선생(五柳先生)이라 한 것이다. 何許(하허) : 어디. 어느 곳.

2) 閑靖(한정) : 한가하고 고요하다.

3) 不求甚解(불구심해) : 너무 지나치게 뜻을 따지거나 이론적으로 집착하지 않는 것을 말한다.

4) 欣然(흔연) : 매우 즐거워함.

5) 置酒(치주) : 술자리를 마련하다.

6) 造飮(조음) : 술먹는 자리에 나가다. 輒盡(첩진) : 매번 있는 것. 모두를 다하다.

7) 不吝情去留(불린정거류) : 떠나거나 머무르는 데에 미련을 두지 않음.

8) 環堵(환도) : 환(環)은 동서남북의 사방(四方). 도(堵)는 오판(五版), 판(版)은 1장(一丈). 따라서 사방 1장 약간 넘는 방. 정확히 말하면 사방의 길이를 합치면 5장이 되는 방. 곧 작은 방을 뜻함. 蕭然(소연) : 쓸쓸하고 조용함.

9) 短褐(단갈) : 갈(褐)은 베옷. 단갈은 가난한 사람들이 입는 짧고 거칠

如[11]也러라. 常著文章自娛하여, 頗示己志하고, 忘懷得失하여, 以
此自終하니라.

(선생, 부지하허인야. 역불상기성자. 택변유오류수, 인이위호언. 한
정소언, 불모영리, 호독서, 불구심해. 매유회의, 변흔연망식. 성기주
가빈불능상득, 친구지기여차, 혹치주이초지, 조음첩진, 기재필취. 기
취이퇴, 증불린정거류. 환도소연, 불폐풍일, 단갈천결, 단표누공, 안
여야. 상저문장자오, 파시기지], 망회득실, 이차자종.)

贊[12]曰 : 黔婁[13]有言하되, 不戚戚[14]於貧賤하고, 不汲汲[15]於
富貴라. 極其言[16]이면, 茲若人之儔乎인저! 酣觴[17]賦詩하여, 以

---

게 짠 베옷.

10) 簞瓢(단표)…단(簞)은 대나 고리로 짠 바구니. 옛날에 가난한 사람들
이 밥을 담아 먹었다. 표(瓢)는 표주박. 역시 가난한 사람들이 음료
나 국을 담아 먹었다. 가난한 사람들의 음식기(飮食器)를 통칭.

11) 晏如(안여) : 편안하다.

12) 贊(찬) : 전기문(傳記文) 뒤에 붙여서 주인공을 칭찬하는 글.

13) 黔婁(검루) : 춘추시대(春秋時代) 제(齊)나라의 은사(隱士). 청렴결
백하여 벼슬살이를 하지 않았다. 그가 죽자, 그의 시체는 누더기가
걸쳐진 상태였고, 시체를 덮은 헝겊이 짧아 발이 다 드러났다. 문상
(問喪)을 간 증자(曾子)가 헝겊을 비스듬히 돌려서 손발을 덮으려
하자, 검루의 처가 "고인께서는 바른 것을 좋아하셨습니다. 헝겊을
비뚤게 놓는 것은 사(邪)라 좋지 않습니다. 또 고인께서는 빈천을
겁내지 않으셨고, 부귀를 부러워하지 않으셨습니다."고 했다 한다.

14) 戚戚(척척) : 두려워하고 걱정하는 것.

15) 汲汲(급급) : 얻으려고 안달함.

16) 極其言(극기언) : 그 말뜻을 깊이 생각하면.

17) 酣觴(감상) : 술잔을 돌려가며 실컷 마심.

樂其志하니, 無懷氏[18]之民歟아, 葛天氏之民歟아!

(찬왈 ; 검루유언, 불척척어빈천, 불급급어부귀. 극기언, 자약인지 주호! 감상부시, 이락기지, 무회씨지민여, 갈천씨지민여.)

---

18) 無懷氏(무회씨) : 갈천씨(葛天氏)와 함께 중국 태곳적 제왕(帝王). 무회씨는 도덕으로 세상을 다스려 당시의 백성들은 모두 사욕(私欲)이 없고 편안했으며, 갈천씨 때는 교화(教化)를 펴지 않아도 저절로 교화가 이루어져 천하가 태평했다 한다. 무회씨의 백성, 또는 갈천씨의 백성이라는 것은 욕심없이 순박한 사람들을 뜻한다.

# 색　인(索引)

232

234

236

238

242

246

248

新譯 陶도 淵연 明명

| | | | |
|---|---|---|---|
| 改訂 增補版 印刷●2002年 | 4月 | 10日 |
| 改訂 增補版 發行●2002年 | 4月 | 15日 |

譯　者●金　學　主

發行者●金　東　求

發行處●明　文　堂

　　　　서울특별시 종로구 안국동 17~8
　　　　대체　010041-31-001194
　　　　전화　(영) 733-3039, 734-4798
　　　　　　　(편) 733-4748
　　　　FAX 734-9209
　　　　Homepage www.myungmundang.net
　　　　E-mail　　om@myungmundang.net
　　　　등록　1977. 11. 19. 제1~148호

값 12,000원

ISBN 89-7270-674-4　03820

# 中國學 東洋思想文學 代表選集